KB148041

MARKETING
마케팅과 연애의
평행이론
ROMANCE

MARKETING ROMANCE

마케팅과 연애의 평행이론

강경구 지음

BOOKQUAKE

프롤로그

'인생은 타이밍이다.' 누구나 들어봤을 법한 이 문구는 무엇을 뜻할까요? 바로 최적의 타이밍은 정해져 있다는 것이겠지요? 시간이 지나 녹아내린 아이스크림은 쓰레기로 변해버립니다. 마케팅도 마찬가지입니다. 마케팅을 기획하고 빌드업하는 과정에서 적절한 판매를 촉진할 수 있는 가장 이상적인 타이밍이 있는데, 이 순간을 놓치면 몇 배 이상의 비용과 시간을 소비하게 됩니다.

남녀가 처음 만나면 만남→호감→연인→지속성으로 이뤄지는 과정이 있어야 하고 마케팅도 마찬가지의 과정이 필요합니다. 고객 욕구에서 기업의 통합적 마케팅을 통해 고객만족의 과정을 거쳐 이익의 실현과 지속성 있는 고객과의 관계 유지 및 발전이 그것이지요.

막연하게 느껴지는 마케팅에서 우리는 무엇을 준비해야 할까

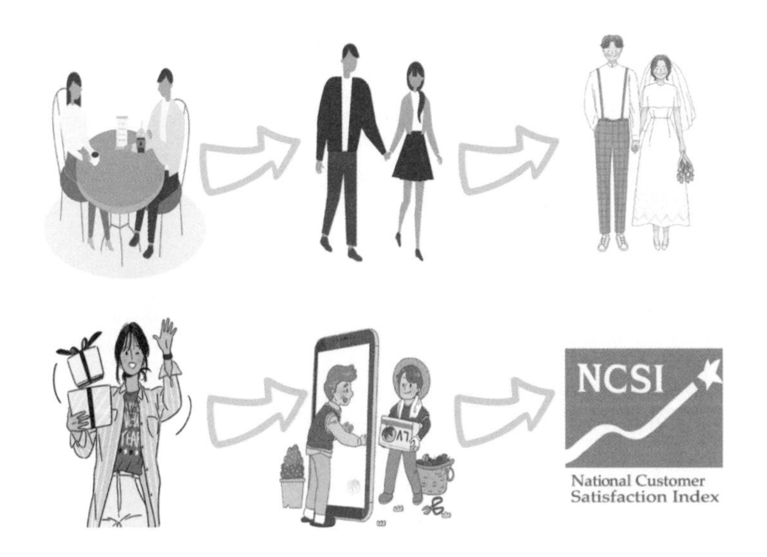

요? 과연 무엇에서 해답을 찾을 수 있을까요? 원초적이고, 본질적인 질문에 대한 해답을 스스로 찾았습니다. 바로 우리가 사랑하는 사람을 상대하는 기술을 바탕으로 마케팅에 적용하면 승산이 있는 정도가 아닌 확실한 성공을 예상하고 보장할 수 있습니다. 기업 혹은 자신의 브랜드 포지셔닝 및 브랜드 인지와 그것을 넘어선 브랜드 충성에 이르는 최상의 관계 형성을 이어갈 수 있습니다.

미국의 저명한 광고 카피라이터인 조셉 슈거맨이 남긴 명언이 있습니다. "첫 번째 문장의 목적은 두 번째 문장을 읽게 하는 것. 두 번째 문장의 가장 큰 목적은 세 번째 문장을 읽게 하는 것이다." 소비자가 계속 읽고 싶어 하고 관심을 두고 집중할 수 있는 메시지를 만들라는 것입니다.

시인 겸 소설가 빅토르 위고는 이렇게 말하였습니다. "사랑한다는 것은 믿는 것이다." 불신의 시대 우리는 누군가를 믿고 의지하며 살아가고 싶어 합니다. 마케팅의 가장 중요한 바탕도 바로 신뢰를 얻기 위해 꾸준한 소비자의 만족과 감동 시그널을 계속 보내야 하는 것이며, 이것이 마케팅의 근간이라 할 수 있겠습니다.

미국의 심리학자 스트롱Strong은 다양한 표정의 인물 사진을 보여주고는 사람들에게 물었습니다. 대부분의 사람이 입을 벌리고 있는 표정의 인물 사진을 더욱 선호하고 따뜻하게 느껴지며, 친근하다는 평을 내놓았지요. "입을 벌리고 있는 사람은 호감도가 높다." 사람을 대하는 기본 태도에서 웃는 얼굴과 그에 대한 제스처가 얼마나 상대방을 기분 좋게 하는지에 대한 중요한 포인트인데, 결국 웃는 얼굴은 '당신과 함께 있기에 지금 행복합니다.'라는 메시지가 되기에 상대방과의 관계 발전에 있어 정말 중요한 사항이라 할 수 있겠습니다.

이 책의 방향은 마케팅과 연애에서 그 수많은 이론의 평행이론을 검토하여, 우리가 본질적으로 준비해야 할 마음가짐과 이론적 배경을 확인하고, 또한 최근의 뇌과학을 바탕으로 한 소비심리와 연애 심리의 다양한 평행이론을 통해 보다 구체적이고 명확한 논리를 제시하였습니다.

사랑은 서로 마주 보는 것이 아니라 함께 같은 곳을 보는 것이다.

_생텍쥐페리

사랑한다는 것은 믿는 것이다. _빅토르 위고

사랑은 아낌없이 주는 것이다. _톨스토이

사랑은 눈으로 보지 않고 마음으로 보는 거지. _윌리엄 셰익스피어

이 명언들은 여러분들도 많이 들어본 내용이지요? 우리는 이 명언에서 '사랑'이라는 단어를 마케팅의 용어로 바꾸어 내용을 담아도 전혀 어색하지 않을 것입니다.

브랜드는 고객과 서로 마주 보는 것이 아니라 함께 같은 곳을 보는 것이다.

브랜드와 고객의 신뢰라는 건 서로 믿는 것이다.

브랜드는 고객에게 아낌없는 자신들의 상품을 눈속임을 두지 않고 제공해야 한다.

브랜드는 소비자의 니즈를 눈으로 보는 것이 아닌 마음으로 읽고 헤아려야 한다.

남녀 간의 관계가 썸에서 끝나면 둘은 연인이라고 할 수 없습니다. 마케팅도 소비자에게 판매의 영역으로만 머물러서는 마

케팅이라 할 수 없습니다. 마케팅이란 고객이 필요로 하는 니즈needs를 넘어서 고객의 원츠wants를 충족시키는 사회적·관리적 과정이라고 할 수 있습니다.

자, 여러분, 이 책은 여러분들이 잘 알고 있겠지만 연애학 개론은 아닙니다. 마케팅의 기초와 이론을 쉽게 이해할 수 있는 책입니다. 다만 마케팅과 연애, 이 두 단어에는 촘촘히 연결된 신경망처럼 많은 연결고리가 있습니다. 마케팅을 정확하게 이해하고 나만의 마케팅을 기획하고 실행하여 더욱 완벽한 나만의 브랜딩 혹은 기업의 브랜딩을 이루실 수 있는 좋은 지침서가 될 것입니다.

마케팅의 두 가지 목표는

1. **뛰어난 가치를 바탕으로 고객의 시선을 나에게로 향하게 하는 것**
2. **고객에게 만족스러운 서비스를 제공하여 고객의 충성도를 높이는 것**

이라 할 수 있습니다.

마케팅은 기업과 자영업을 하는 상점에 국한된 것이 아닙니다. 미술관, 병원, 종교, 교육 등 비영리 조직에서도 그 필요성을 가지고 있으며, 특히 요즘 시대에는 개인의 마케팅 역량을 강화하여 자신을 퍼스널 세일즈하는 것에도 많은 관심이 있습니다.

제가 아는 주변 사람들도 마케팅을 물건을 파는 데 목적을 둔 행위 정도로 아시는 분들이 많습니다. 광고하는 것, 그리고 영업을 하는 것 정도로 생각하시는 분들이 많아요. 보통 빙산의 일각이라는 말을 쓰지요? 우리가 여기서 빙산을 마케팅으로 본다면 바로 일각을 우리의 광고와 영업행위 정도로 보시면 되겠습니다.

판매가 기업에서 고객에게로 가는 일방적 행위라면 마케팅은 경영학의 권위자 피터 드러커Peter Drucker의 주장처럼 팔려고 노력하면 안 되고 저절로 팔리게 하는 것입니다. 마케터는 고객의 니즈와 원츠를 파악하여 고객에게 뛰어난 고객가치를 제공하는 제품과 서비스를 개발하여 가심비와 가성비를 충족시켜주는 가격, 그리고 고객에게 상품이 전달되는 최적화된 구조로 일체화시키면 판매와 영업은 자연스럽게 이루어진다는 것입니다. 자, 여기서 평행이론이 성립됩니다. 기업이 고객을 위해 가치창조를 하여 강력한 고객 관계를 형성하여 기브 엔 테이크Give And Take의 구조 속에서 고객들로부터 그에 걸맞은 가치를 얻는 과정이라 할 수 있습니다.

심리학에서는 자신의 경험과 내면을 상대에게 드러내는 것을 자기 개시Self-Disclosure라고 합니다. 상대방을 경계하지 않고 가까워질수록 서로에게 각자가 가지고 있는 내면적인 정보를 전달한다는 것이지요. 이는 상대방에 대해 알면 마음이 평온해지고, 상대방에 대한 신뢰가 형성되고 더욱 친근감이 강해진다는 것이고, 사람은 상대방이 자기 개시를 시작하면 자기 자신도 자기 개시로 보답하려는 심리 효과가 있습니다. 여러분도 이 내용에 공감하시나요?

'돈쭐을 내줍시다.' 많이 들어보셨을 겁니다. 돈이 모자라서, 없어서 먹지 못했던 음식들을 무상으로 제공하는 치킨· 피자 매장 사장님들의 뉴스를 보면 우리는 마음이 따뜻해지고, 대리만족을 경험하게 됩니다. 사회적 약자들에게 행해지는 진정성 있는 행동들이 알려지고, 이를 바탕으로 사람들이 그 가게 사장님 돈을 많이 벌게 해주자는 취지로 나온 문장인데, 이는 일종의 동일화 현상(자신에게 중요한 대상과 자신을 중복시켜 같은 경향을 나타내게 되는 상태)이라고 할 수 있습니다. 이러한 사회적 행동이 바로 우리가 의도하지 않는 마케팅 효과로 나타나곤 합니다.

같은 맥락에서 CSRCorporate Social Responsibility(기업의 사회적 책임)은 영리적인 목적이 아닌 기업의 평판을 위한 사회적 활동입니다. 기업의 사회적 책임은 기업의 사업 관련 활동과 기업 이해 당사자들이 가지고 있는 관심사가 결합된 형태라고 정의하고 있는 것이고, 기업의 사회적 책임은 기업 경영 활동에 매우 유익한 전략 중 하나로, 기업의 비전과 목표 설정 과정에 포함시켜 적극적으로 활용할 필요가 있습니다. 자신이 하지 못한 것을 개인 혹인 기업이 대신해주었을 때 우리는 동일화를 통해 그 주체에게 매력을 느낀다는 사실을 잊지 맙시다.

• CSVCreating Shared Value(공유 가치 창출)

기업활동 자체로 사회적 가치를 창출하면서 경제적 수익까지 같이 창출하는 방식

• ESGEnvironmental, Social and Governance

'Environment(환경)', 'Social(사회)', 'Governance(지배구조)'**의 머리글자를 딴 단어로 기업 활동에 친환경, 사회적 책임 경영, 지배구조 개선 등 비재무적 지표이며, 기업가치를 나타내는 중요한 지표**

-각 기업의 위치에 맞게 특성화된 사회적 가치 수단을 적용하여 활동하고 있으나, 최근 투자 가치의 지표로 환영받는 ESG가 가장 주목받고 있는 사회적 기업의 평가 지표라 할 수 있습니다.

이 책은 여러분들과 연애의 우리가 가지고 있던 첫사랑이 회상될 수도 있고, 지금 사랑하는 연인과의 감정, 혹은 미래에 있을 나의 이성 친구에 대한 감정을 대입하여 다양한 마케팅의 접근 방법에 관해서 이야기하고 있습니다. 그러한 과정이 인생의 구조와 다르지 않다는 것을 많이 느낄 것입니다.

여러분들이 마케팅을 바라보는 새로운 시각을 만드시길 바라는 마음과 이 책을 통해 사랑의 감정을 재확인하는 그런 의도하지 못한 상황이 생기게 된다면 저는 더더욱 기쁜 마음을 가지게 될 것입니다.

여러분의 가장 밝은 미래는 아직 여러분을 기다리고 있습니다.

이 책을 읽는 방법

이 책은 형식에 구애받지 않고 읽을 수 있습니다. 인간이 가지고 있는 가장 열정적이고 숭고한 '사랑'이라는 단어와 함께 마케팅을 논할 수 있어서 저 개인적으로는 너무나 흥미로웠습니다. 이 주제를 통해 제가 더 공부할 수 있었던 것이 큰 기쁨이자 가장 큰 수확이었습니다.

마케팅은 태초의 이론 정립과 더불어 다양한 이론의 사례가 증축되어 지금 시대에는 정말 너무나 많은 마케팅 용어들이 남발되고 있습니다. 이 책에서는 마케팅과 연애의 본질적인 것에 집중하려고 노력하였습니다.

노스웨스턴대학교 벤저민 존스 교수 연구팀은 1,800만 건 이상의 과학 논문을 정밀 분석하여 그 연구의 발견의 혁신성과 영향력 간의 상관관계를 조사하였는데, 해당 논문들이 대부분 보수적이었고, 혼자 하는 연구가 팀 연구보다 더 보수적이라는 사실도 밝혀냈습니다. 일반적으로 연구라 하면 참신한 아이디어를 바탕으로 한, 독창성 가득한 이미지를 연상하지만, 대부분의 연구 고증 방식은 다람쥐 쳇바퀴 돌 듯 단순한 반복형 구조라는 것입니다.

더군다나 혼자 하는 연구가 더 보수적이라니, 혼자서 골똘히 생각하면 사고유형이 정형화된다는 것인데, 혼자 자료 준비와 집필을 이어가는 입장에서는 벤저민 교수 연구팀의 연구 결과가 부담이 되었습니다. 나도 결국 정형화된 답을 가지고 독자들을 찾아갈 것인가? 하지만 다행스럽게 벤저민 존스 교수는 "지금 현대에까지 큰 영향을 주는 연구들, 즉 뉴턴의 만유인력, 아인슈타인의 상대성 이론, 다윈의 진화론도 그 당시 잘 알려진 지식을 바탕으로 두고 있지요."라는 말을 합니다. 이러한 사실을 바탕으로 이 책을 구성하게 되었습니다.

강한 참신성은 독자들로부터 공감을 얻지 못하고, 독선적인 주장을 할 확률이 높으며, 결국 획기적 발견이란 전통적 아이디어에 약간의 향신료를 가미해 천상의 맛을 끌어낸다는 것이고, 사람의 생각은 무에서 유를 창조하는 것이 아닌, 그 씨앗이 있다는 것입니다. 자신의 연구 출처를 밝히는 사람은 일류, 이류는 어디서부터 그 내용을 추출했는지도 모릅니다.

이 책은 마케팅의 이론을 토대로 연애학과의 상호작용하는 논리를 심리학, 행동경제학, 뇌과학 등의 다양한 선행연구들을 통해 자료를 모아 만든 책입니다. 시카고대학교 심리학자 루돌프 헤스 교수의 연구에 따르면 사람은 누구나 자신이 좋아하는 대상을 보여주면 순간적으로 동공이 확장된다는 사실을 발견하였습니다. 연애와 마케팅의 연결고리를 연구한 집필의 시간은 두 변수를 바라보는 저의 동공이 확장된 상태였습니다.

목차별 순서의 의미는 없고 적절한 배분을 통해 독자들이 각 이론의 의미를 배우고 결국 따뜻한 마음, 뜨거운 마음으로 연애를 하고 마케팅 현장에서 진두지휘하며, 멋진 활약을 하는 모습을 바라면서 책의 목차를 구성하였습니다. 다만 결론은 확인해야겠지요?

사랑하는 사람의 마음을 쟁취할 줄 아는 자가 결국 마케팅에서도 그 본질을 이해하고 행동하며, 멋진 결과를 만들 것으로 생각합니다. 주변에 남녀 구분 없이 인기 많은 사람의 대표적인 특성은 부지런하다는 것입니다. 부캐(부가캐릭터)를 통해 상황별 개성 있는 모습을 보여주고, 부캐가 많은 사람의 특징은 위기 극복 능력이 탁월하다는 점도 빼놓을 수 없지요. 이런 특성들에 대한 마음을 울리는 이야기를 읽을 준비가 되셨나요? 같이 연애에 대한 추억도 공유하며, 재미나게 마케팅을 배울 수 있는 여행을 떠나 보도록 해요.

목차

마케팅 누구냐, 넌?

연애를 하려고 할 때 상대방과 가까울수록 좋고, 자주 볼수록 좋다는 것 모를 자가 있으랴? 주위를 둘러봐도 관심 가질 만한 이성이라곤 찾기 너무 어렵습니다. 아니, 없어요. 하늘을 봐야 별을 따고, 소개팅을 부탁할 사람이 있어야 연애를 하는데 그마저도 없어요. 혹은 소개팅 해 줄 사람이 없다는 답만 옵니다. 제 친구 중에 외로움을 이기지 못해 무작정 발만 넓히는 친구가 있는데, 이는 좌절만 더욱 키우는 법! 최소한 내가 확장하려는 그 모임의 주체에 대한 특성을 파악하고, 많은 사람과 교류가 가능한지, 마음에 드는 이성을 못 만나더라도 즐겁게 활동할 수 있는 취미와 밀접한 관계가 있는지에 대해서 파악이 필요합니다.

마찬가지로 마케팅에서 우리는 시장 진입 초기에 매우 많은 위기를 경험하게 됩니다. 우리 제품을 써줄, 우리의 서비스를 경험해 줄 고객이 눈에 보이지 않을 때는 우선 프롤로그에서 언급한 마케팅과 광고를 본질적으로 분류하고 우리의 제품을 바라고 원하는 고객을 찾고 만들어야겠지요?

마케팅의 아버지라 불리는 필립 코틀러는 마케팅이란 개인과 집단이 제품 및 가치 창조 교환을 통해 니즈needs와 원츠wants를 충족시키는 사회적·관리적 과정이라고 정의하였고, 경영학의 아버지라 불리는 피터 드러커는 기업의 목적은 고객 창출이며 이를 위해서는 혁신과 마케팅이 중요하다고 하였습니다.

여러분 간략하게 말하자면 '마케팅은 고객의 니즈를 원츠로

돌리는 작업이다.' 이렇게 이해하시면 좀 더 쉽게 이해가 쉬울 듯 해요.

마케팅은 미국에서 처음 탄생한 학문으로 보고 있습니다. 바로 철도와 통신의 엄청난 발전으로 많은 물류와 그리고 빠른 정보교환이 가능해졌기 때문에 자사의 제품을 효과적으로 안내하고, 물건을 많이 팔아야 많은 이윤을 거둘 수 있게 되었지요. 이를 바탕으로 한 마케팅 이론이 탄생하게 된 것입니다.

밑그림을 그리자

연애든 마케팅이든 일단 우리의 근본을 알고 가야겠지요? 나의 무기가 무엇인지를 확인하려면, 우선 나라는 존재의 구성요소에 대해서 조금 더 디테일하게 검토해 볼 필요가 있겠지요? 사실 많은 사람이 자기 자신을 모른다는 표현을 많이 합니다. 마케팅도 기초적인 내실을 다지고 그 확장해 가는 방법이 가장 효과적이고 이상적입니다. 가장 기본이 되는 구조를 같이 확인해 보도록 하지요.

우선 마케팅은 브랜드의 입장에서 제품이나 서비스를 팔려면 고객이 무엇을 원하는지를 알아야겠지요? 고객의 필요와 욕구는

마케팅은 19세기 후반 미국에서 철도와 통신망의 엄청난 발전으로 소비시장의 성장되고 그 성장을 바탕으로 생겨난 학문입니다.

어떻게 알 수 있을까요? 결국 홍보를 따로 하지 않아도 기업이 만든 상품이나 서비스를 고객이 원해서 바로바로 구입해 주는 것이 가장 이상적인 모델인데, 사실 그건 꿈만 같은 일이지요. 고객의 지갑을 열기 위해서는 고객의 니즈를 파악하여 고객을 창출하는 이상적인 구조를 만들어야 하는데, 이것은 고객 창조라 할 수 있습니다.

마케팅을 통해 고객을 바라보는 이론의 변화가 생기는데 마케팅의 아버지 코틀러 교수의 마케팅의 진화는 총 4단계로 구성된다고 하였습니다. 시작은 마켓 1.0 시대인데 이때는 제작한 제품을 어떻게 고객에게 팔 것인지에 대한 판매 촉진이 그 관심사였고, 마켓 2.0 시대는 이제 본격적으로 고객의 니즈를 파악하기 시작한 시기라 보시면 되겠습니다. 마켓 3.0 시대는 고객에게 정신적 만족을 줄 수 있는 사회적 기여를 통한 사회적 가치 추구의 시대였으며, 마지막 마켓 4.0 시대는 고객의 자아실현을 촉진시킬 수 있는 제품과 서비스를 개발하여 고객에게 좀 더 큰 경험과 기쁨, 그리고 만족과 감동에 이르는 기회를 만들고자 하는 시대라는 것입니다.

마켓 5.0의 시대(마켓 3.0 + 마켓 4.0)

필립 코틀러 교수는 최근의 플랫폼 경제체제의 환경을 파악하며, 새로운 디지털 마켓에 도래했다고 하며, 이를 마켓 5.0이라 합니다. 마켓 5.0은 고객의 기대와 그 새로운 소비 욕구를 유도하고, 서비스의 여정에 가치를 창출하고, 전달, 제공, 강화하기 위한 인간의 기술을 모방하는 것이라고 할 수 있습니다. 여기서 인간의 기술을 모방하지만, 소비자들이 경험했던 그러한 수준 혹은 그 이상의 서비스 수준을 보여주는 것인데, 최근의 여러분이 많이 들어 본 AI, 센서, 로봇공학, 증강현실, 가상현실, LOT, 블록체인 등 이러한 차세대 기술을 바탕으로 고객에게 새로운 영역의 서비스를 제공하는 것이 마켓 5.0이 제시하는 새로운 디지털 문화라 할 수 있습니다.

소셜 미디어 마케팅과 검색엔진 마케팅의 부상, 다양한 전자상거래의 엄청난 발전으로 인해 마케팅의 중요한 주제 아니 제일 중요한 주제가 되어버린 것이 바로 디지털 관련 기술입니다. 이는 마케팅의 대전환이라고 평가될 수 있으며 그 이유에 대해서 말씀드리겠습니다.

1. 더 많은 데이터를 바탕으로 최선의 의사결정을 도와준다.

2. 예측에 기반하여 전장에서의 전략과 전투에서의 전술 확립을 수월하게 도와준다.

3. 실생활과 결합된 디지털 경험을 바탕으로 고객의 새로운 니즈를 창출한 수 있다.

4. AI와 인간 마케터의 영역 분담을 통해 각자의 우선 업무에 집중할 수 있다.

5. 플랫폼 기반의 서비스는 24시간 운영을 통해 고객의 요구에 바로 대응할 수 있다.

마켓 5.0은 결국 인간을 소비자와의 다양한 교류를 바탕으로 한 마켓 3.0과 고객의 자아실현을 바탕으로 한 제품과 서비스의 마켓 4.0이 결합되어, 고객의 다양한 경험에 그 브랜드의 가치 판단과 향후 브랜드의 거래를 지속적으로 유지하고 주변에 소개하고 싶은 브랜드 충성도에 이르기까지 인간의 기술을 모방한 디지털 서비스와 인간 본연의 인간이 할 수 있는 진정성 서비스의 결합된 것으로 정의할 수 있습니다.

이때 먼저 고객의 여정을 매핑하고, 디지털 영역에서, 기존의 문제로 인식될 사항에 대한 개선 사항에 대한 대처를 할 수 있으며, 이는 고객 데이터 중점에 브랜드가 인식될 수 있는 개선에 대한 문제점을 파악하고 대처해야 한다는 것이며, 예전에 설문조사의 구조를 디지털 영역에서는 그들의 서비스 행동 패턴과 추후 관계 유지 방향에 대해서 브랜드가 가지고 있는 약점을 파악할 수 있다는 것입니다.

이와 같은 마켓 5.0을 활용하기 위해서는 데이터 기반의 데이터를 활용할 수 있는 환경이 조성되어야 하는데, 데이터를 활용하여 비용 측면의 예상 투자와 투자를 통한 잠재 수익에 대한 결과를 추정할 수 있습니다. 지금의 마케팅에서 빠질 수 없는 것이 이 디지털 마케팅이며, 많은 분들이 이미 모바일, 사물인터넷LOT 등 다양한 데이터 영역에서 각자의 소비 패턴으로 생활하고 있습니다.

무엇보다 제일 중요한 것은 바로 변화무쌍한 이 변화의 시대에 마케터의 발 빠른 대처와 데이터를 통한 고객의 세분화된 매뉴얼 서비스, 즉 자동화된 커스터마이징customizing 서비스가 즉각 반응하여 대응하는 것이 중요합니다. 즉각적인 대응과 고객의 기대에 부응하는 자연스럽고 깔끔한 인터페이스를 설계, 구축하여 고객의 만족과 향후 브랜드에 대한 획일화된 원츠가 연결될 수 있을 것입니다.

필립 코틀러 교수의 마케팅 진화에 이어서 우리가 고객을 파악하는 서비스 제공자 입장에서의 본질적인 마케팅을 분석하는 방법에 따른 진화론을 생각하였습니다. 처음에 마케팅 이론이 도입된 이후 마케터들의 목적과 미션은 산업화를 통한 대량생산된 제품들을 효과적으로 물류 과정을 거쳐 많이 팔 수 있는 시스템을 만드는 것이었습니다. 대량생산과 대량판매로 이어질 수 있는 자연스러운 과정에 집중하였던 것이지요. 하지만 그 이후 심리학을 바탕으로 고객의 심리학적 분석을 통해 또한 생산과 판매에 이르는 통계학적 수치를 가지고 효율적인 배분과 환경, 계절 등 다양한 요인들을 통합하여 각 기업의 최적화된 답을 찾아가게 되었습니다.

최근의 이슈는 뇌과학을 통한 인간 본연의 본능과 연결된 시그널을 바탕으로 다양한 이론을 찾아내는 중입니다. 이러한 과정을 통해, 서비스 제공자는 브랜드와 제품의 일체화를 통한 고객과의 일체화를 만들어 내려고 하고 있으며, 반대로 고객은 이 제품을

마케팅 이론의 변화

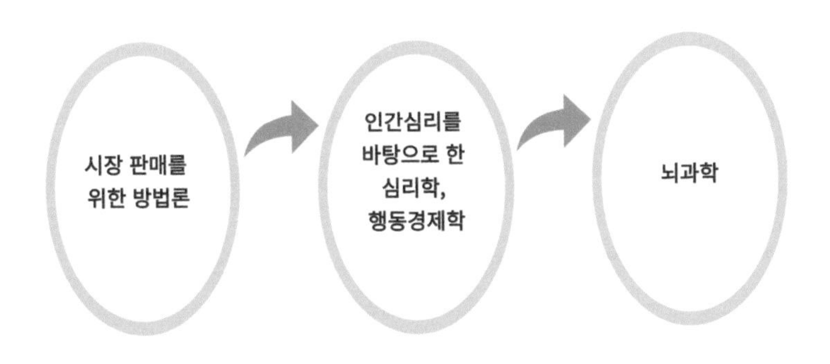

이용하여 자신이 돋보일 수 있는 아이템과 브랜드를 찾기 위한 가치 소비를 만들어 가는 중이라 할 수 있습니다.

타깃을 선정하자 STP 시장세분화

우리가 집중하는 시장은 굉장히 넓습니다. 그러하기에 모든 시장에서 소비자의 기대에 부응하기 어렵지요. 그래서 특정 구간 우리가 가장 이상적으로 보는 구매층을 선정해야 합니다. 우선 고객의 나이, 성별, 지역, 구매 행동, 소득, 지역 등 다양한 속성이 있습니다. 시장 세분화를 통해 타깃의 범위를 줄여 효과적인 마케팅 접근을 해야 합니다. 그 이후에 타겟팅을 통해서 주요한 고객층을 대상으로 한 포지셔닝 즉, 우리의 상품과 서비스를 타사 경쟁상품과 어떤 차이와 우수성이 있는지 인식시켜야 합니다. 최근의 마케팅에서도 이 전략은 인플루언서 마케팅Influencer Marketing과 같은 특정 대상으로 집중된 전략을 쓰고 있으며, 최근에는 빅데이터, AI의 등장으로 훨씬 더 정교하고 세분화된 작업이 가능하게 되었습니다. 빅데이터 정보를 초보자들도 쉽게 다룰 수 있는 서비스들도 있으니 이러한 정보를 바탕으로 시장세분화 전략을 구축하는 것도 좋은 방법이 될 것입니다.

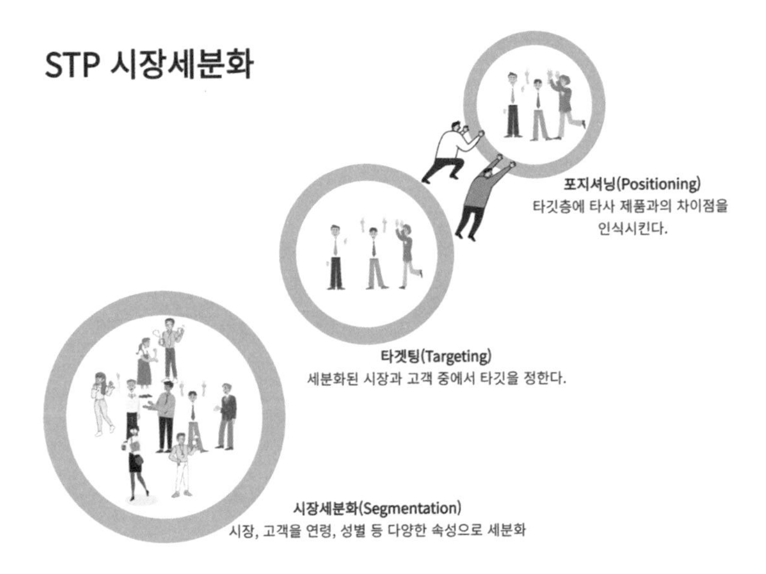

마케팅의 4P

고객이 소비 행동을 할 수 있도록 유도하는 네 가지 요소를 말합니다. 제품Product, 가격Price, 프로모션Promotion, 유통Place을 뜻하며, 이는 1960년 애드먼드 제롬 맥카시 교수가 제창한 이론입니다. 이는 무엇보다 서비스 제공자 입장의 마케팅 기초이론이니 확실히 기억해둡시다.

4P(MM)란?

제품(Product)
제품의 다양성, 특징, 브랜드, AS서비스

가격(Price)
소비자 가격, 할인

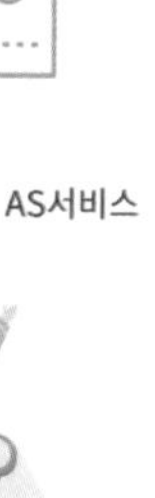

프로모션(Promotion)
판매촉진, 광고, 홍보 활동

유통(Place)
유통 채널, 유통 범위, 재고, 운송

4C도 잊지 말자

4C는 소비자를 기업 경영활동의 핵심으로 본다는 것입니다. 우리가 상품에 집중하고 좋은 상품을 출시한다고 하여도 상품을 구입할 고객이 없으면 아무 의미가 없기 때문에 우리는 고객의 입장에서 바라보는 시야도 확보해야 한다는 것이 바로 고객 지향적 이론인 4C입니다.

소비자 Consumer

4C에서도 가장 본질적인 핵심축이 바로 소비자입니다. 제품을 생산하는 브랜드나 고객을 대상으로 한 서비스 상품을 제공하는 브랜드도 우리는 모든 중심축에 소비자를 바탕으로 생각하고 기획해야 한다는 것이지요.

비용 Cost

가격 요소를 생산 및 경영 과정 전체에 들어가는 비용까지 확장하였으며, 쉽게 말해서 기업 생산 비용과 소비가 받아들일 수 있는 적정한 소비자 구매 비용을 포함한다는 취지이며, 소비자를 우선시하는 가격을 책정하기 위해서는 우리의 서비스 프로세스에서 제품의 질을 유지 혹은 상향하는 과정에 어떤 요소를 더해 이윤을 높일 수 있냐는 굉장히 어려운 과제인데, 예로 올리브영은 우리나라의 대표적인 국내 헬스&뷰티H&B의 최강자입니다. 가격 만족성에서는 그리 높은 점수를 줄 순 없지만, 오랜 세월 인기를 유지하는 비결은 급변하는 트렌드에 맞춰 빠르게 변화를 시도한 덕분인데요. 과연 올리브영의 장점은 무엇일까요?

1. 우선 메시지가 명확하다. "찾으시다가 궁금하시면 말씀해 주세요."라는 메시지를 통해 고객에게 기본 소비권을 제공하고,

선택에 어려움과 찾는 물건이 보이지 않을 경우, 언제든 도움을 주겠다는 명확한 의지입니다.

2. 직원들의 제품 이해도가 높다. 올리브영에 방문해서 진열대 위로 수많은 제품이 있어서 우리는 순간적으로 내가 무엇을 사러 온 거지라며 구매 목적에 대해서 망각할 때가 있습니다. '선택의 역설paradox of choice 이론'으로 소비자는 '어떤 것을? 무엇을?'이라는 고민으로 스트레스를 받을 수 있습니다. 이때 직원에게 도움을 요청하면 즉각 상품과 그 상품의 특성을 안내해 주는데 정말 놀랄 때가 많습니다. '어떻게 다 숙지하고 있는 거지?'

3. 올리브영은 상권별 주요 고객층의 성별, 연령, 수요 등을 분석해 특화 점포를 강화했고 국내외 브랜드의 제품을 입점시켜 체험공간을 늘렸습니다.

4. 모바일 앱 역시 차별화를 꾀했으며, 핵심 고객인 MZ세대(밀레니얼+Z세대)의 쇼핑 성향에 발맞춰 피부 타입과 구매 경로, 구매 상품 등의 빅데이터를 분석해 맞춤형 상품을 추천해 주고, 온라인을 통한 상품 판매 및 빠른 배송으로 언택트 시대에 발 빠른 대처와 위기관리 능력을 보여주었습니다.

편의성 Convenience

마케팅의 과정 중 고객이 경험하는 제품과 서비스의 과정에 편의성 경험을 꼭 고려해야 한다는 점에서, 브랜드는 서비스 제공의 시점에서 제품과 서비스를 누리는 과정 그리고 이후에 사후 관리까지 철저하게 고려해야 한다는 내용입니다.

소통 communication

소비자 관점에서는 광고보다는 서비스 제공자와 고객 간의 소통을 더욱 중요시 생각합니다. 내가 구입한 제품과 서비스가 향후 어떤 광고를 통해 고객을 유치하느냐에 대한 호기심이 아닌 과연 사후 관리가 어떻게 진행되고 발전할 수 있냐에 대한 관심이 크다는 것입니다.

결국 4P는 브랜드 입장에서 바라보는 것이고, 4C는 소비자 입장에서 바라보는 것인데, 우리가 여기서 확실히 알아야 하는 것이 두 이론의 출발이 다른 것이지 바라보는 목표는 같다는 것입니다. 결과인즉 매우 간단합니다. 무조건 소비자 방향으로만 고려하면 브랜드의 비용만 상승하여 무너지게 될 수도 있기에, 마음은 4P의 마음으로 기획하고 추진하며, 그 이후 행동에 대해서는 4C의 사고가 좋다는 결론입니다.

또는 좀 더 진화하고 세밀한 추적을 통해 소비자 관점의 8C 이론이 있으며 이 8C 이론은 서비스를 제공하는 브랜드 관점에서는 4C만으로는 통용할 수 없다는 전제가 있으며 그러하기에 추가적인 대응이 필요하다는 이론입니다.

크리스토퍼 러블록 · 요헨 워츠Christopher Lovelock· Jochen Wirts는 서비스 마케팅의 유명한 학자들입니다. 저서 〈서비스에서는 마케팅의 4P가 통용되지 않는다〉에서는 전통적인 제조업 기반의 4P가 아닌, 서비스 기업을 바탕으로 한 8P에 대한 자세한 설명을 해주고 있어요.

서비스 제품 Product elements

제품업에서 제품이 그 본질이 되듯 서비스업에서는 서비스 그 자체의 품질이 중요하겠지요? 미용, 레스토랑, 카페, 식당, 피트니스센터 등등 각 서비스업은 각 특성에 맞는 본연의 서비스 제품의 품질이 있습니다. 경쟁이 치열해지면 이 핵심적인 코어 서비스는 비슷해지게 되는데 바로 이 역량의 차별화도 중요하다는 것입니다.

장소와 시간 Place & time

장소와 시간은 서비스 제공자가 고객을 유치하기 위한 기본적인 환경과 그리고 그 서비스를 이용하기 위한 예약 등의 행위가 필요한데 이를 최적화할 시스템이 필요하다는 것이지요. 쾌적한 환경과 원활하게 예약할 수 있는 온라인 시스템을 말합니다.

가격과 기타 비용 Price & other user outlays

제조업의 제조비나 물류비는 명확하게 데이터화되어서 이를 바탕으로 권장가가 정해지는데 서비스는 이보다 좀 더 그 분류를 명확하게 하기 어렵지요. 그래서 심플하면서 정확도를 높인 서비스를 제공하는데 필요한 서비스 제공자 전체의 간접비를 집계하는 방식으로 활동 기준형 원가 계산의 방법을 이용합니다.

프로모션과 교육 Promotion & education

서비스의 전체적인 경험은 보통 입소문을 통해서 경험하는 경우가 많습니다. 생각해 보면 지인의 소개를 받고 찾아간, 식당, 헤어숍, 식당들이 많지 않나요? 직접 비교가 어려운 것이 이 서비스업이기에 지속적인 프로모션이 필요하다는 논리입니다.

서비스 프로세스 process

고객 경험은 프로세스에 크게 영향을 받습니다. 롤플레잉 방식으로 미리 상황을 특정하고 직접 플레이를 하는 것입니다. 진행 예행연습 간 문제가 되는 프로세스에 대해서 과감하게 수정하고 개선해야 한다는 것입니다.

물리적 환경 Physical service environment

서비스 환경은 고객이 서비스를 평가할 때 중요한 기준이 됩니다. 환경이 우수하면 고객 만족도가 높아지기 때문이지요. 우리가 서비스업의 오픈을 앞두고 가장 신경 쓰는 것 중 하나가 바로 인테리어 및 환경입니다. 예로 영국 런던에서는 지하철에서 시민들의 파괴적 행위를 방지하기 위해서 클래식 음악을 내보내고 있다고 합니다. 클래식 음악으로 인한 승객들의 과격하고 예민해진 성격을 억제할 수 있다는 것이지요.

물리적 공간에 대한 좋은 첫 경험을 하게 되면 기대치와 향후 방문 의사가 높아지고, 고객은 오프라인 서비스 이용 시 아름다운 인테리어와 향기, 음향, 색채 등 다양한 요소의 영향을 복합적으로 받는데, 외형적 요소에 그치는 것이 아닌 직원들의 효과적인 동선을 고려해야 하고, 소비자들도 마찬가지로 매장 안에서 부대시설 이용 시 쉽게 찾을 수 있는 동선과 안내가 필요하다는 것입니다.

이러한 것을 바탕으로 서비스 스케이프의 고객 만족도 조사와 많은 연구가 이뤄지고 있다는 점 명심합시다.

사람 People

서비스업의 최대의 본질적인 서비스 실패는 바로 인위적인 미스로 인한 서비스 저하가 크다는 점 누구나 공감하실 겁니다. 서비스 제공자 당일의 컨디션, 환경, 기회 등 여러 가지 변하는 요소로 서비스의 질이 좌우되는데, 많은 서비스 기업이 인재 경영을 필요로 하는 경우가 바로 이것입니다. 제가 가장 좋아하는 기업의 캐치프레이즈가 바로 리츠칼튼 호텔의 '우리는 신사 숙녀를 모시는 신사 숙녀입니다.' 이것입니다. 고객의 존대 가치를 높이기 위해서는 서비스 제공자부터 높아야 한다는 것이지요.

생산성과 서비스 품질 Productivity & quality

서비스 품질과 생산성은 양립이 어렵습니다. 서비스 품질에 대한 불만은 매출 저하를 초래하고, 매출을 끌어올리고자 가격을 인하하며 수익이 악화되어 생산성도 떨어지게 됩니다. 서비스 품질과 생산성이라는 두 가지 상승에 대한 미션을 고려해야 한다는 것입니다. 예를 들어 볼까요? 최근에 보면 예약 전문 헤어샵들이 많이 들어섰습니다. 기존의 상시 운영보다는 서비스 품질의 퀄리티를 높이기 위하여 이와 같은 동시간대 고객 수요를 조절하고, 이는 초반에는 예비 수요를 차단하는 방식의 운영이 되겠지만 서비스 품질의 만족과 관계성으로 추가적인 소개를 받아 추가 고객을 유치할 수 있습니다.

생산성 떨어지는 상시 오픈은 서비스 제공자 입장에선 열정적 에너지의 분배를 하는 데 있어 좋은 환경은 아닐 것입니다. 이는 소수 인원의 제공자가 위치한 서비스 공간이기에 가능한 특수적인 상황이지만, 이런 흐름처럼 고객의 본질적인 서비스 만족을 위해 우리가 무엇을 해야 할지에 대해서 고려한다면 생산성과 서비스 품질에 대한 두 마리 토끼를 잡을 수 있을 것입니다.

POINT

서비스 마케팅의 8P의 핵심요소를 더욱 확실히 이해하고, 자신이 속한 조직에 맞는 8P 핵심전략을 수립하고 관리하여 지속적인 서비스 시스템으로 구축되어야 고객을 만족시키고, 감동까지 전할 수 있는 고객 친화적 기업이 될 수 있습니다.

서비스 마케팅

서비스에서는 마케팅의 4p가 통용되지 않는다.

4P(제조업)

제품(Product)

유통(Place)

가격(Price)

프로모션(Promotion)

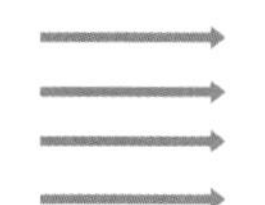

8P(서비스업)

1.서비스 제품(Product elements)

2. 장소와 시간(Place & time)

3. 가격과 기타 비용(Price & other user outlays)

4. 프로모션과 교육(Promotion & education)

5. 서비스 프로세스(Process)

6. 물리적 환경(Physical service environment)

7. 사람(people)

8. 생산성과 서비스 품질(Ptoductivity & quality)

포지셔닝 전략이 필요해

기업이나 작은 구멍가게를 운영하더라도 자신의 위치 즉 어느 포지션에서 경쟁할지 결정하는 것입니다. 이는 제품 구성, 가격, 할인, 고객 관리 등 다양한 요소에서 자기만의 차별적인 전략을 통해 그 우선순위와 방향을 정하는 것인데 1981년 알 리스Al Ries와 잭 트라우트Jack Trout가 저서 〈포지셔닝 전략〉에서 제창한 이론입니다. 포지셔닝 전략에서는 시장 점유율과 마음 점유율의 두 가지를 바탕으로 생각해야 하는데, 시장 점유율은 시장에서 우리 제품이 차지하는 비중을 뜻하고, 여기서 시장 선도 기업(업계 1등 기업), 시장 도전 기업(최고 자리를 노리는 2위 기업), 시장 추종 기업(상위 기업을 모방하며 뒤쫓아 가는 3위 이하 기업), 시장 틈새 기업(상위 기업과 경쟁하지 않고 틈새 분야에서 싸우는 기업)의 네 가지 형태의 기업 포지셔닝이 있으며 마음 점유율 즉 우리가 큰 카테고리에서 판매하고 있는 제품군을 생각했을 때 바로 떠오르는 제품을 뜻하며, 자동차 하면 벤츠, 과자 하면 새우깡, 소염진통제 로션 하면 맨소래담로션이 떠오르듯 고객이 가지고 있는 제품군의 선호도를 뜻합니다.

가치 제안

포지셔닝을 통해 표적 고객을 결정하고 그 표적 고객을 대상으로 한 우리가 그들에게 무엇을 제공해 줄 수 있는지에 대해서 결정해야 합니다. 경쟁사들과의 차별화, 즉 우리 제품의 포지셔닝입니다.

생산과 제품에만 몰입하게 되면 우리는 마케팅 근시안이 되어 고객과의 소통을 원활하게 진행하지 못하게 됩니다. 생산과 유통의 효율에만 집중하게 되면 기업의 입장에서는 프로모션, 고객

관리, AS 서비스 등 고객이 원하는 것을 못 보게 될 수 있습니다. 사실 마케팅 개념은 판매 개념과는 본질적으로 다른 판매자의 입장이 아닌 고객의 입장을 대변하는 측면이 큽니다. 이익을 증대하기 위해서는 고객 욕구를 충족시키는 게 더 중요하다고 생각하기 때문입니다. 고객에게 더욱 집중하고 고객 가치를 우선시하는 것이 매출과 이익의 지름길이라고 생각하기 때문이며, 고객의 요구와 그전에 앞서 이러한 것을 감지하고 대응하며 고객과 소통하는 것이 중요한 철학이라 할 수 있겠습니다. 사우스웨스트 항공의 경우 회사에는 따로 마케팅 부서가 없다고 합니다. 대신 고객 부서가 존재하고 있으며, 본질적인 마케팅 즉 고객 욕구에 대한 깊은 이해를 위해 이러한 부서의 대응이 더욱 명확하게 브랜드의 인지도 상승과 마케팅 효과를 준다는 것을 증명하는 것이겠지요.

SWOT 분석

일반적으로 우리가 진입하려는 시장은 굉장히 넓습니다. 그렇기 때문에 모든 시장의 니즈에 부합할 수 없습니다. 우리를 둘러싼 외부 환경과 내부 환경을 분석하여 각각의 사실에 우리가 어떻

게 대응할지 정하는 일입니다. 스탠퍼드 대학의 앨버트 험프리가 1960년대에 기존의 내부와 외부의 긍정적 요인과 부정적 요인의 분석 정도에서 세련된 형태로 정리하여 지금 형태의 SWOT 분석으로 고안하였습니다. 또한 분석을 바탕으로 크로스 SWOT 분석으로 활용할 수 있는데 도출한 네 가지 요인을 기회×강점, 기회×약점, 위협×강점, 위협×약점의 방식으로 내용을 믹스하여 개선 방안을 도출하면, 분석에 그치지 않고 구체적인 마케팅 전략을 수립하는 데 활용할 수 있습니다

동네 빵집의 크로스 SWOT 분석을 통해 기회×강점은 영업 지

역의 친밀도를 높이기 위해 전단지 및 온라인 쿠폰을 활용하고, 기회×약점은 가족의 포괄적인 메뉴를 확충하여 다양한 연령대 대상 제품을 늘리고, 위협×강점은, 프랜차이즈는 다양한 프로모션을 사용하기에 좀 더 제품의 질을 높이는 전략을 수립, 재료를 아낌없이 넣어 브랜드 특유의 이미지를 확립하고, 위협×약점은 최악의 상황을 대비하여, 유통기한 범주에 임박한 제품을 대상으로 한 프로모션과 기초적인 낮은 가격대의 제품을 제공하여, 자체 손님들의 방문 빈도를 높이는 전략을 수립 등 기초적인 분석을 바탕으로 그 방향성을 제시할 수 있는 SWOT 크로스 분석이라 하겠습니다.

IT 시대의 마케팅

마케팅의 흐름을 살펴보았습니다. 현재의 마케팅 흐름은 격변하는 시대상을 그대로 표방하고 있다고 해도 과언이 아니지요. 지금 시대에서는 스마트폰을 들고 다니지 않는 사람을 찾는 것이 정말 어려운 시대입니다. 물론 어르신들 중에서는 있을 수 있지만 대체적으로 스마트폰의 편리함과 익숙함, 그리고 삶의 일체화가 이뤄진 지금의 현대인들에게 스마트폰은 필수 중의 필수입니다.

기존의 마케팅 이론이 설명하지 못하는 지금의 시대는 바로 니즈 창출에 대한 해석이고, 기존의 마케팅이 니즈의 파악에 중점을 두었다면, 지금 우리의 미션은 바로 표면화되지 않은, 숨어있는 수요를 찾는 일입니다. 몇 가지 중요한 포인트를 정리해 봅시다.

디자인 싱킹design thinking은 최근 주목받고 있는 니즈 창출 기법인데, 우리가 잘 알고 있는 ipod도 디자인 싱킹을 통해 탄생한 제품입니다. 스티브 잡스가 남긴 유명한 명언이 있습니다. '사람들은 원하는 것을 보여주기 전까지 자신이 무엇을 원하는지 모른다.'라는 것입니다. 좀 더 내용을 이어가자면 제품 개발부터 디자이너, 심리학자, 인공공학 전문가 등으로 구성된 사용자 편의, 디자인, 행동 측면 등을 고려하여 자체적인 다양한 내용을 교환하여 브랜드의 콘셉트를 창조하고 이를 바탕으로 사용자와의 협업으로 시제품 테스트를 거친 이후 상품을 출시하게 됩니다. 이는 고객의 의견만으로는 혁신적인 제품을 구성하기에는 한계가 있다는 것이지요.

지구에서는 40억 명이 온라인을 통해서 다양하게 교류하고 있습니다. 위에 언급한 대부분의 사람이 스마트폰을 가지고 있다는 내용에서 한국은 95% 이상의 성인이 스마트폰을 갖고 있습니다. 스마트폰의 저변을 기본으로 웹사이트, 소셜미디어가 있고 이를 이용한 광고시장까지 정말 어마어마한 IT 시대의 마케팅입니다.

페이스북, 인스타그램, 트위터에 이어서 틱톡 등 다양한 신흥 소셜미디어들이 등장하고 있습니다.

모바일에 마케팅이 접목되었을 때, 우선 소비 행동학적으로 24시간 제품의 정보와 구매로 결정되는 다양한 접근이 가능하며, 소비자는 보다 쉽고 현명하게 제품과 서비스에 대한 비교를 할 수 있습니다. 이를 바탕으로 새로운 디지털 접근방식을 전통적인 마케팅과 결합하여 더욱 확고한 마케팅믹스를 만들어 가야 하는 것이 우리 마케터들의 지금 이 시대의 가장 중요한 미션이라고 할 수 있겠습니다.

'바이럴 마케팅'은 입에 입으로 전해지는 구전 마케팅의 성격을 가지고 있으며 여기서 바이럴은 '바이러스성'이라는 뜻으로, 노출이 되면 단시간에 많은 확산을 준다는 의미에서 붙여진 이름입니다. 우리 사회에는 소비 행동에 큰 파급력을 가지고 있는 인플루언서가 존재하며, 다양한 플랫폼 채널에서 활약하는 그들을 통해 소개한 상품이나 서비스가 폭발적인 판매로 이어지기도 하는데, 이런 인플루언서를 이용한 바이럴 마케팅이 큰 효과를 보고 있지요. 최근 유명 유튜버들의 제품 협찬 관련 이슈처럼 사회적 부정적 이미지 또한 확장되어 있으니, 인플루언서 마케팅을 이용할 때는 소비자층을 고려한 선택과, 광고임을 알리는 투명한 전략이 필요하겠습니다.

초두효과와 후광효과

첫눈에 반하는 원리

성실하고, 지적이고, 질투심 강한 A와 질투심 강하고, 지적이고, 성실한 B 가운데 여러분은 누구에게 더 매력을 느끼시나요? 둘 다 내용은 같고 단어의 순서만 바뀌었을 뿐인데 우리가 느끼는 상대방에 대한 인상이 다릅니다. 사람은 처음 받게 된 정보에 강한 영향을 받는데 이것을 초두효과Primacy effect라고 합니다.

처음의 긍정적인 이미지로 그 이후에 따라오는 부정적인 인상을 줄이게 되고, 반대로 부정적인 이미지를 먼저 경험하면 우리는 그 첫 메시지를 그 주체의 주제이자 부정적인 이미지로 생각해버립니다.

남녀불문 매력적인 외모는 사랑의 아주 중요한 요소라 할 수

있습니다. 누구나 같은 감정이라 판단되며, 외모가 뛰어난 이성에게 가슴이 콩닥콩닥 뛰는 설렘을 느끼는 것은 당연합니다. 잘 모르는 상대방에게서 호의 정도가 아닌 첫눈에 반하고 그 상대방을 사랑하고 있다는 것을 느끼는 이유는 무엇일까요?

심리학의 가설에 따르면 바로 우리의 마음속에 작용하는 편견이 그 원인으로 지목됩니다. 우리는 잘생기고, 예쁜 외모의 상대방은 성격도 좋고, 장래도 유망하고, 많은 사람들에게 좋은 평판을 가진 사람으로 판단해 버린다고 합니다. 한 가지 장점으로 상대방의 전체를 높게 판단하는 것이 바로 후광효과Halo effect라고 합니다. 이는 한 가지의 긍정적 판단으로 전체적 평가로 확대하여 바라보는 심리적 특성입니다.

재미난 사실은, 보통 미남·미녀라 불리는 기준은 좌우 대칭성입니다. 미남·미녀는 얼굴 좌우의 차이나 비뚤어짐이 적어 좌우 대칭에 가깝다고 합니다. 얼굴과 신체의 좌우대칭이 무너지는 요인으로 유전, 스트레스, 질병, 노화, 생활습관이 반영된 결과라 할 수 있습니다. 즉, 스트레스나 몸의 면역체계가 좋을 확률이 높다는 것이지요. 이러한 근거를 바탕으로 인간에게는 유전적으로 건강한 유전자를 후세에 물려주고 싶은 본능이 있기에 미남·미녀에게 끌리는 것은 자연스러운 것이라는 겁니다.

마케팅의 초두 효과

(첫인상이 그 이후에 인식되는 경험에 큰 영향을 준다)

마케팅을 기획하는데 시작부터 막막하거나 무엇을 해야 할지 고민에 고민을 이어가고, 하루 이틀 지나도 진전이 없었던 경험이 있나요? 사실 시작이 제일 어렵지요. 그래서 다들 시작이 반이라는 이야기를 하는 것입니다. 무엇이라도 사부작사부작 시작하는 것이 좋다는 것인데, 마케팅에서도 다양한 생각을 바탕으로 다양한 시도를 하는 것은 좋은데 명심해야 하는 것이 있습니다. 평행이론으로 언급한 초두 효과에 기인한 인식은 쉽사리 변화를 주기 어렵습니다. 우리는 머릿속에 비슷한 정보들이 들어오는 경우 가장 처음에 우리의 기억 속에 들어온 정보가 기억에 오래 남게 됩니다.

사람의 인지 능력은 많은 제한을 가지고 있습니다. 처음 접한 정보만으로도 기억력의 한계에 도달해서, 이후에 들은 많은 정보들은 기억되지 못한 채 사라지게 되는데, 여기서 우리는 간단한 이론을 성립할 수 있습니다. 처음에 치고 나가야 한다는 것이지요. 그래야 각인되고 살아남을 수 있다는 것인데

1. 먼저 치고 나가라

2. 리더십의 법칙을 이용하자

3. 최대한 강한 첫인상이 필요하다

연애에서도 자신감 있는 리드가 필요합니다. 시대가 많이 변했지만 저는 지금도 용기 있는 자가 미인, 미남을 얻을 수 있다는 논리를 가지고 있습니다. 축구에서도 발 빠른 선수가 좋은 위치를 미리 선점하여 유리한 싸움으로 가져가는 것처럼 첫 부분에 위치한 단어들을 잘 기억하고 첫 기점에 도달한 사람이 유리한 '서열 위치 효과serial position effect'가 설명해 줄 수 있습니다. 여기서 우리는 서열 위치 효과를 통해서 마케터들에게 좋은 교훈을 주게 됩니다. 바로 One message, One action을 생각하라는 것입니다. 광고에 여러 가지의 메시지가 섞여 있으면 소비자는 광고를 경험한 이후 마케터가 원하는 방향으로 그 광고의 기억을 가지지 못할 것입니다. 초두 효과를 발휘하여 다른 광고와 경합을 하게 될 때 가장 먼저 광고를 진행해야 하며, One message, One action을 통해 효과적인 카피를 전달할 수 있을 것입니다.

알 리스, 잭 트라우트의 저서 '마케팅 불변의 법칙'을 보면 우리는 이러한 초두효과와 관련해서 명확한 메시지를 전달받을 수 있습니다. 마케팅의 기본 사안은 바로 최초가 될 수 있는 영역을 만들라는 것입니다. 맹목적인 심플한 메시지인데, '더 좋기보다는 최초가 되는 편이 낫다.'는 이론입니다. 예로 2차 세계대전 이후, 미국 최초의 수입 맥주는 하이네켄Heineken이었고, 많은 인기를 누렸었습니다. 그 이후 지금 시점의 수많은 수입 맥주들이 미국 시장에 진입하였고, 수백 가지의 맥주가 판매되고 있습니다. 미국 시장에서 하이네켄보다 더 맛있는 맥주가 있을 텐데 그러한 사실로 대변할 수 없는 진실이 바로 여전히 하이네켄이 미국 맥주 시장 점유율 1위라는 사실입니다.

리더십의 법칙은 종류를 불문하고 다양한 곳에서 두루 적용되고 있으며, 우리가 미국에서 가장 유명한 대학을 언급할 때 하버드 대학을 부정할 사람이 있을까요? 또한 하버드 대학은 미국 최초의 대학이기도 합니다. 초기 진입은 학습효과 없이 실제로 모든 걸 다 직접 경험해야 하는 어려움이 있지만, 그와 반대로 엄청난 장점도 있다는 사실을 우리 마케터들은 절대 잊으면 안 되겠습니다.

또한 마케터들은 광고를 기획할 때 강한 첫인상을 만들어야 합니다. 맨 처음 들은 단어들은 대부분의 고객들에게 이후 듣게 되는 단어들에 지속적인 영향을 주게 되는데, 처음에 주는 메시지 이후에 연결되는 단어들은 별개의 단어가 아닌 첫 메시지의 설정과 같은 방향으로 인식하게 됩니다. 이것은 굉장히 중요한 사항이며, 초반 서론에서도 언급했던 마케팅의 본질에서도 빠질 수 없는 가치 창조에 그 목적이 있고, 방향성을 명확하게, 획일하게 전달하면 브랜드에 생명력을 주는 것이며, 브랜드의 한 가지 긍정적 특성을 만들어 그것을 고객에게 강하게 연상시킨다면, 추후 이어지는 다른 긍정적 특성에도 영향을 준다는 것입니다.

여기서 평행이론은 결국 연애와 마찬가지로 마케터 입장에서는 고객을 기준으로 우리 브랜드에 반하게 만들어야 한다는 것입니다. 후광효과를 얻기 위해서 초반에 초두효과를 통한 좋은 인상을 받아야 한다는 것이고, 연애와 마찬가지로 첫인상이 만들어지면, 이후 받는 이미지에 대해서는 첫인상을 기반으로 하여 해석되기 때문에 다시 뒤집기 어렵다는 것을 뜻하기도 합니다. 그러니 초반부터 명확한 콘셉트와 강한 인상을 줄 수 있는 방향과 더불어 마케팅 총예산의 상당 부분을 투자해야 한다는 것입니다.

후광효과라는 날개를 달자

후광효과란 한 가지 요인으로 다른 모든 요인들도 영향을 받는다는 것인데, 긍정의 의미로 이용되고 있습니다. 사람들의 인식 안에 있는 가치관은 무섭습니다. 왜냐하면 사람들은 믿고 싶어 하는 것을 믿기 때문입니다. 그리고 자신이 믿는 것을 경험하고 싶어 합니다. 코카콜라는 펩시콜라와의 대결에서 블라인드 시음 테스트에선 자주 지곤 하는데, 그런데도 사람들은 간접인식으로 코카콜라를 먹어야 제대로 콜라를 먹었다는 인식을 가지고 있습니다.

여기서 재미난 연구가 있었습니다. 몬터규와 맥클루어Montague & Mcclure 연구팀은 펩시콜라와 코카콜라를 마시는 사람들의 뇌를 MRI 등 다양한 측정 장비를 통해 촬영하였는데, 여기서 유의미한 결과를 얻을 수 있었습니다. 보통 사람들은 브랜드를 인지하지 못하고 당이 있는 콜라를 마시면 '보상영역'인 전두엽이 활성화되는데, 사람들에게 마시게 될 코카콜라와 펩시콜라의 브랜드를 미리 보여주고 촬영을 하면 코카콜라의 경우 중뇌와 선조체, 측좌핵, 전전두피질 같은 인간의 쾌감을 관장하는 영역이 활성화된다는 것입니다. 반대로 펩시콜라에서는 이 쾌감을 주는 영역에서 별다른 수치 변화가 없었다는 것인데, 소비자들은 이러한 뇌과학적인 수치를 토대로 브랜드에 대한 인식과 심리적 영향까지 작용한다는 것을 알 수 있습니다.

마케팅에서의 인식은 참으로 중요합니다. 인식을 통해서 브랜드를 인지하고, 자주 접한 브랜드는 친숙해지기 때문이지요. 그 브랜드를 사랑하는 것일 수도 있고, 익숙해져서 그런 것일 수도 있습니다.

브랜드 입장에서는 소비자들에게 후광효과를 인식시켜주기 위한 것으로 어떤 방법을 취하고 있을까요? 코카콜라는 이 세상 어떤 기업보다도 많은 광고비를 지불하고 있습니다. 브랜드 이미지가 확실한 코카콜라는 '왜 이런 어마어마한 비용을 쓰는 걸까?'라는 궁금증이 생깁니다. 코카콜라가 큰 광고비용을 지불하는 이유는 바로 브랜드 인지도를 더욱 높이는 전략이 아닌 소비자들을 대상으로 한 인식의 설계를 하고자 하는 것입니다. 필립 코틀러 교수의 마켓 3.0에서도 언급하고 있는데 바로 소비자의 영혼에 호소하라는 것입니다. 글로벌 기업들은 인지도를 높이는 차원으로 많은 광고비용을 지불하지 않습니다. 심리적인 연관성을 위해서 비용을 지불하는 것이지요. 코카콜라의 경우 '행복'이라는 단어를 코카콜라와 자연스럽게 이미지를 연상시켜 광고를 이어나가고 있습니다.

코카콜라는 행복이라는 이 긍정적인 메시지와 코카콜라의 연결을 위해 매년 엄청난 비용을 지불합니다. 10년째 사용하고 있는 '행복을 여세요.' Open Happiness.는 많은 사람들에게 행복이라는 단어를 떠올릴 때 코카콜라가 자연스럽게 연상되게 도와주는 마법이 되는 것이지요. 행복이라는 긍정적인 요소가 심리적 측면을 자극하여 더 맛있는 기쁨을 줄 수 있는 것이고, 이는 행복해서 코카콜라를 먹는 것인지 혹은 코카콜라를 먹어서 행복한 것인지 소비자는 망각하게 되고 이 원인을 찾으려 하지는 않을 것입니다. 다만 코카콜라가 행복과 연관이 있다는 것에 대한 기억만 남는 것이지요.

기억이라는 것

마케팅에서 결국 우리는 소비자의 기억을 바탕으로 강한 인상을 남겨야 한다는 것을 확인하였습니다. 기억이라는 것은 '우리의 뇌세포들이 우리의 과거와 이어주려는 시도'라고 보시면 될 듯합니다.

마케터들은 소비자의 이 기억과 관련된 업무를 하고 있으며, 많은 비용과 시간을 소비하여 광고를 최대한 많은 소비자들에게 제공하였지만, 소비자의 입장에서 전혀 기억하지 못하는 광고라고 한다면, 우리는 이 광고를 실패하였다고 판단할 것입니다. 첫 인상 이후에 획일화된 메시지를 통해 우리의 브랜드를 노출하고, 기억을 통해서 브랜드가 소비자와 연결되려면 기억의 일부가 그 브랜드와 함께 뇌 속에서 살아남아야 합니다.

매트 존슨과 프린스 구먼의 최근 저서 <뇌과학 마케팅>에서는 이와 관련된 사항을 명확하게 증명하고 있습니다. 뇌가 기억을 통해 우리의 과거에 연결하려는 방법은 의도적으로 편향되어 있다고 합니다. 많은 부분에서 부정확하게 편향되어 있다고 합니다. 그와 관련된 키워드로 바로 암호화에 대한 언급입니다.

어떤 상황을 기억하게 하려면 우선 암호화가 되어야 하며, 뇌가 어떤 사건을 인상Impression, 즉 사물을 보고 느낀 것을 머릿속에 저장하는 방식이 일종의 암호화 시스템으로 되어 있다는 것인데, 여기서 똑똑한 브랜드들은 고객들의 인지능력을 높일 수 있는 암호화에 대해서 이해하고 있을 뿐만 아니라, 최적화된 경험을 만들어 내는 데 능숙하다는 것입니다. 암호화를 촉진시켜 뇌에 강한 인상을 주는 특징이 있는데 주목, 마찰, 감정적 자극, 음악이 이 촉진제 역할을 한다고 설명합니다.

촉진제의 근거가 참 흥미로운데 우선 주목할 점은 우리가 공연장에서 담고 싶은 순간을 스마트폰을 이용하여 녹화를 하거나 사진으로 담게 되면 우리의 기억 속 저장소에는 아무런 촬영을 하지 않고 공연만을 경험한 사람보다 녹화를 하거나 사진을 찍은 사람의 기억이 훨씬 약하다는 것입니다. 이는 우리 앞에 벌어지는 사건에 대한 주목하는 힘이 떨어지고, 기억이 암호화되는 정도도 줄기 때문입니다. 경험을 디지털로 복제해서 저장하기 위한 도구가 경험 자체를 기억하는 우리의 능력에 손상을 준다는 사실이 역설적이라는 것이지요. 그래서 결론으로 도달하여 우리는 영화에서 경험하는 주인공들에 대한 감정 이입보다는 비디오 게임에서 플레이어의 판단에 따라 플레이되는 캐릭터에 더 높은 집중력을 보인다는 것입니다.

마찰은 간단히 설명하자면 우리가 인지하는 정보를 접할 때 적당한 난이도의 정보를 이해하려고 노력할 경우 기억이라는 세포가 더욱 활발하게 움직인다는 것입니다. 예로 2018년 버거킹에서 특별한 이벤트를 하였는데 이벤트의 내용은 이렇습니다. 와퍼 치즈버거를 1센트에 파는 것인데, 와퍼 치즈버거를 1센트에 사려면 경쟁업체인 맥도날드 매장 180m 이내인 곳에서 사진을 찍어 버거킹 앱에 업로드를 해야 그렇게 살 수 있었다고 한다. 간단히 쿠폰을 다운로드하는 단순한 이벤트로는 우리의 마찰을 자극하지 못하고, 쉽게 잊힌다는 것입니다. 버거킹은 고객에게 행동을 통한 기억을 증진시키는 적당한 레벨의 마찰을 유도하였습니다.

감정은 주목과 기억을 강하고 밀접하게 해주는 접착제 효과를 보여주는데 우리가 오랜 기억을 가지고 있는 추억을 회상하면 보통 그때의 감정이 같이 믹스되어 우리의 기억 속에 남아있습니다. 여기서 재미난 사실을 언급하는데 부정적인 기분일 때는 사람은 더 세세한 부분에 집중하게 되고, 긍정적인 경우 큰 그림에 초점을 둔다고 합니다. 면접을 예로 들어봅시다. 우리가 조금 전 면접을 끝냈는데 결과가 나쁘다면 우리는 그 상황에서 필요로 했던 것과 내가 하지 말았어야 했던 것을 생각하게 되고, 결과가 좋았다면 전체적인 좋았던 분위기에 대해서 기억한다는 것입니다.

마지막 촉진제는 음악인데 음악에 대한 매력과 무기에 대해서 여러분들도 잘 아시리라 생각됩니다. 사회 전반적으로 음악이라는 것을 통해 우리는 태교에 도움을 받고, 마음을 진정시키고, 힐링을 받으며, 일부러 그 음악을 즐기기 위해 비싼 비용도 지불하곤 합니다. CM송은 독특함과 자극성을 무기 삼아 입안에 자꾸 맴돌게 함으로써 즐거운 중독성을 주며, 이는 광고의 카피를 더 도드라지게 만들기도 하고 소비자 인식이라는 측면에서 매우 효과적 접근이 가능합니다.

흔들다리 효과
귀인 오류 현상

우리는 사랑을 하면 가슴이 쿵쾅쿵쾅 뛰고 있다는 것을 느낍니다. 소개팅이나 혹은 다른 어느 자리에서 만난 이성을 보고 쉼 없이 맥박과 심박 수가 높아지는 것을 경험하게 됩니다. 맹목적인 관심과 집중을 하게 되고, 모든 상황이 제발 그와 연관이 생겨 대화라도 해보고 싶은 간절한 마음이 생기는데, 보통 사랑에 빠지게 되면 경험하는 상황입니다.

하지만 이와 반대되는 경우도 있습니다. 우리가 떨리는 심정, 즉 가슴이 두근거릴 때 앞에 있는 상대방에 대한 호의나 연애 감정으로 사랑에 빠지게 된다는 것인데 이것은 일반 오류적 상황인 것이지요. 정말 좋아하는 상대여서 가슴이 떨리는 게 아니라, 떨리는 가슴으로 인해 상대방을 좋아하고 있다고 느끼게 되는 착각을 우리는 '흔들다리 효과'라고 부릅니다. 정말 이 효과는 너무나 유명해 많은 심리학책에서 빠지지 않고 등장하는 이론입니다.

심리학자 더튼의 유명한 실험이 있는데, 두 환경이 있습니다. 실험 대상자인 남성은 두 그룹으로 나눠서 높이 3m의 안정된 다리와 높이 70m의 흔들다리 양쪽을 건너게 하고, 다리 위에서 설문조사에 대답하는 실험이었습니다. 설문조사는 여성이 진행하였으며, 이때 설문조사원 여성은 실험 대상자 남성에게 다리 위에서 연락처를 알려줍니다. 그 결과 높이 70m의 흔들다리에서 연락처를 받은 남성들이 연락처를 건네준 여성에게 전화한 경우가 50%가 넘고 3m의 안정된 다리에서 연락처를 받은 남성 그룹에서는 12% 정도만이 여성에게 연락했다는 심리 실험이었는데, 여기서 바로 고소공포증을 동반한 가슴이 뛰는 것을 사랑에 빠진 것으로 착각한다는 것입니다.

이는 심리학적으로 어떤 행동과 현상이 일어났을 때 그 원인을 잘못 판단하는 경향을 말하는 귀인 오류 현상이라고 합니다. 흔들다리 효과로만 귀인 오류 현상을 설명하기에는 제약이 있어서 추가적인 이야기를 담아보겠습니다.

1973년 존 달러와 다니엘 벳슨 프린스턴대학 심리학과 교수들은 〈예루살렘에서 예리코까지〉라는 제목의 논문을 통해 귀인 오류를 입증한 연구 결과를 만들었습니다. 그들은 가톨릭 수습 사제 40명에게 가톨릭 관련 질문지 작성을 부탁하고 40명의 인원이 지금 한 공간에 있기 비좁기 때문에 사제들에게 지도를 한 장 갖고서 다른 동료들이 있는 몇 분 거리에 떨어져 있는 건물로 가라고 부탁하였습니다.

사제들은 출발하기에 앞서 3분의 1의 인원들에게는 "늦었습니다. 동료들이 몇 분 전부터 당신을 애타게 기다리고 있습니다. 얼른 서둘러 주세요."라는 내용을 그들에게 전했으며 또 다른 3분의 1 인원들에게는 "지금 동료들이 기다리고 있으니 약속 장소로 가주세요"라는 메시지를 전달했습니다. 그리고 마지막 3분의 1의 인원들에게는 "아직 동료들이 그 장소에 없지만, 그들은 곧 거기에 합류할 예정입니다. 그곳에 가셔도 동료들이 오기까지 오래 기다리실 걱정은 안 하셔도 됩니다."라는 말을 전했습니다.

명확한 검증을 위해서 사제들은 무작위로 제각각 다른 장소로 배정하였으며, 어느 목적지든 그 장소 앞에서 특수임무를 부여받은 미션자들이 있었는데, 미션자들은 사제들이 약속 장소에 도달하는 시점에 그 장소 앞에서 쓰러져서 당장 도움이 필요한 상황을 연출하였습니다. 이것이 모든 실험의 연결 과정이었는데 결과는 어떻게 나왔을까요?

상황이 결과를 바꿀 수 있다는 것

전체 사제 중 40%가 가던 길을 멈추고 그들을 도왔습니다. 여기서 우리가 판단해야 할 것은 그들이 멈춘 요인이 어떤 것이 작용하는지와 각 그룹의 차이인데 여러분도 예상하셨겠지만, 첫 번째 시급한 그룹은 10%만이 멈추었고, 보통 그룹은 45%, 여유로운 그룹은 63%의 인원이 발걸음을 멈추고 그들을 도왔습니다. 이처럼 환경과 상황이 주는 오류는 우리가 무엇을 판단하고 측정하는 데 매우 큰 차이를 줄 수 있기에 성급한 판단은 아주 조심해야 합니다. 매일같이 지하철에서 노약자와 임산부가 오면 자리를 양보하던 A 씨는 어느 날 몸이 너무 안 좋고, 전날 야근으로 인해 최악의 컨디션으로 그날만큼은 자리를 양보할 엄두를 내지 못하고 지하철 의자에 앉아 노약자와 임산부를 외면하였습니다. 그 주변에 있는 사람들은 A 씨를 야박한 사람으로 판단할 것입니다. '너는 집에 부모님과 아이들도 없냐?'라는 눈빛으로 A 씨를 쳐다볼 것입니다. 이런 것을 눈치 보며 살아갈 필요가 없다고 할 순 있겠지만 마케팅은 그와는 다르지요.

마케팅에서 기존 이론을 보면 대개 이렇습니다. 자신을 납치한 납치범과 사랑에 빠지는 스톡홀롬 증후군을 예로 들기도 하고,

연인이 사랑을 확인하는 초기에 레스토랑이나 카페보다는 놀이 공원에 가서 시간을 보내면 좀 더 연인이 될 확률이 높다고 합니다. 다 이러한 흔들다리 효과를 기반한 귀인 오류 현상으로 인해 상대방에게 떨리는 감정을 더욱 증폭해서 사랑의 감정을 느낀다는 것인데, 고객이 경험하는 순간, 흔들다리를 지나고, 설렘을 느낄 수 있는 기회로 여기고 어떤 지점에서 흔들다리 효과를 줄 수 있는지에 대한 연구가 필요합니다. 기발한 아이디어를 통해서 고객이 설렐 수 있는 마케팅이 필요하다는 것은 바로 이러한 감정을 이용하여 소비자를 현혹시켜야 한다는 이론인데 저는 그러한 방법론에 대해 명확한 반대 이론에 있습니다.

바보야, 문제는 본질이야

우리가 연애를 할 때 흔히 오류적인 설렘을 사랑으로 착각한다는 가설에서 이때 맺어진 사랑으로 영원한 사랑의 확신을 가질 수 있을까요? 흔들다리의 예시처럼 다리에서 내려와 그때의 설렘을 기억하고 상대방에게 연락을 하여 만났지만 분명 그때 느꼈던 떨림의 감정을 똑같이 혹은 그 이상 받을 수는 없을 것입니다.

여러분도 생각해 봅시다. 그것이 본질적인 사랑의 접근일까요?

저는 이렇게 생각합니다. 본질적인 접근이 아닌 환경적인 측면에 기여한 호감과 관심은 분명 다시 사라집니다. 마케팅의 원리를 도입하여 필립 코틀러의 주장처럼 우리는 고객이 바라는 니즈를 원츠로 만들고, 팔기 위함이 아닌 사게 만들어야 하는 과정을 기획하고 구축하는 사람들입니다. 여러분은 고객을 현혹하는 기술에 매달리시겠습니까? 아니면 본질적인 니즈를 찾아내는 마법사가 되시겠습니까?

제가 최근에 느끼는 가장 안타까운 마케팅의 현상은 광고에 이런 귀인 오류 현상을 이용한 광고를 제작하는 상황입니다.

사례 1
오늘이 마지막이기 때문에 지금 사지 않으면 후회할 수밖에 없다는 심리를 조장하는 광고

사례 2
점포정리 세일은 진짜 점포정리가 아닐 경우가 많다.
(물건을 일시적으로 받아 단기간에 판매를 높이고자 하는 방식)

사례 3
SNS 채널에서 과장 광고가 의심되는 사례, 광고 문구에서 언어유희적 내용

일반화 오류 이벤트

다시 말하자면 이와 같은 광고들은 고객들의 현재 소비 상황에 큰 혼란을 주는 일종의 흔들다리 효과라고 할 수 있습니다. 지금 사지 않으면 굉장히 안타까운 상황을 초래할 것이라는 일종의 심리기술을 쓰는 것인데,

1번 광고와 같은 내용은 보통 포털과 SNS에서 많이 이용되는 수법입니다. 특히 포털 메인에 많이 노출되는 방식이 저런 방법이

고, 오늘까지만 저 가격에 적용받을 수 있다는 내용인데, 대부분 사실이 아닌 경우가 많습니다.

2번 사례의 경우도 마찬가지 개념인데, 일종의 재고 처리입니다. 대부분 공감하시겠지만 이런 곳에는 살만한 물건이 별로 없습니다. 차라리 상시 운영하는 아울렛이나 백화점이나 대형마트에서 하는 계절별 재고 방출 세일 행사가 더 가볼 만할 것입니다.

3번의 경우가 가장 최근에 SNS 채널을 통해 많이 보이는 광고 기법인데 배를 한없이 내밀고 있던 사람이 배가 쏙 들어갔다는 내용, 메이저 화장품들과는 비교도 되지 않을 만큼의 엄청난 효능의 화장품들이 나옵니다. 이때 1+1 할인은 하나를 사면 하나를 더 주는 것이 아닙니다. 하나를 하면 하나를 더 살 때 할인을 해준다는 것인데 1+1 이벤트와 1+1 할인은 다릅니다.

이러한 형태의 광고가 잘못되었다고 느끼는 이유는 이렇습니다.

1. 소비자의 소비 현상을 왜곡했다.

2. 일부의 사례를 통한 일반화 오류를 통해 소비자를 현혹했다.

3. 넛지에서의 숙고 시스템은 작동하지 못하게 조치하고 오직 자동 시스템을 가

동하였다.

정상적 소비행위를 방해하는 행위는 마케팅의 정의와는 거리가 멉니다. 마케팅으로 인한 광고 현상과 광고 효과는 그 뜻이 다릅니다. 상술이나 다양한 행위를 통해 일시적인 매출이 증가하였다면 그것은 광고 현상이라 할 수 있겠지요. 마케팅은 소비자의 필요를 정확하게 인식하여 그 제품의 필요성과 니즈를 정확하게 고객에게 전달하는 것인데 이러한 방식을 통하여 소비자가 그 제품과 서비스를 지각하였다면 그것은 광고효과라 할 수 있겠습니다.

y=ax+b 일차함수의 공식으로 더욱 명확하게 이야기하고자 합니다. 귀인 오류 현상을 빗대어 상술을 부추기는 책들과 이를 이용하려는 사람들에게 더욱 본질적인 것을 찾으라는 이야기를 하고 싶습니다.

브랜딩=제품·서비스+진정성이라는 것입니다. 마케팅의 가치가 판매의 가치일까요? 공정한 기준에서 자사의 우수성 있는 제품과 서비스를 효과적으로 알리기 위한 수단이 되어야 하지 않을까요? 수많은 사례와 이론에는 더욱 본질적인 접근을 해야 한다고 설명하고 있습니다. 우리가 뉴스를 통해서 돈쭐 당하는 식당 사장님들이 상술을 가장한 매스컴을 이용하였나요? 아마 그런 것이라면 이미 발각되어 사회적 매장을 당했을 겁니다. 사회적 동물인 사람과 사람에게 연결되는 중요한 소통의 수단은 바로 진정성입니다. 남녀관계에서도 진정성을 바탕으로 상대방에게 호감을 느끼고, 그 가치를 느껴 연인으로 발전하는 것입니다. 이 책에서는 그러한 진정성이 정말 중요한 마케팅의 수단이라는 것을 계속해서 설명할 것입니다.

단 하루 물건을 팔고자 하는 사람들에게는 마케팅이 아닌 광고가 필요하겠지요? 1달, 1년 사용하고 브랜드를 변경할 회사에도 마찬가지입니다. 브랜드를 통해 가치 창조를 할 필요가 없으니까요. 모호한 표현으로 효과를 강조하고, 제품에 강하게 항의하는 고객들에게는 즉각적인 보상을 해서 무마하고, 신규 고객을 계속 유치하여, 재판매 기준에 미달되는 제품을 오직 신규 시장에만 판매하는 방식으로 되풀이할 것입니다. 그 이유는 불만족에 반응하는 고객은 극히 일부이기 때문입니다. 극심한 컴플레인은 즉각적인 보상을 통해 잠재우고, 불만족을 경험한 대부분의 고객들은 다시는 이 제품을 쓰지 않겠다는 확신 정도로 소비 과정을 마무리 짓습니다.

이런 과정 속에 새롭게 제품을 경험하게 되는 신규 고객은 또 다른 피해로 이어지게 됩니다. 마케팅의 본질인 기업의 생명력, 즉 브랜드의 생명력을 보장하지 못하는 상황에 도달하게 됩니다.

우리가 수없이 사 오는 제품들의 생명력에 대해서 생각해 보신 적이 있으신가요? 키워드로 유행했던 마약, 악마 등 다양한 브랜드를 접하였고, 저 또한 몇 개의 제품들을 구입하여 경험하였는데 마감 처리 등 여러 불만 사항을 경험했던 기억이 있습니다. 지금 이 시간에도 SNS에 떠도는 수많은 과장 광고들을 볼 때 이러한 것이 바로 마케팅을 바라보는 시선으로 직결될 것입니다.

사람들은 마케팅을 어떻게 바라볼까요?

"마케팅은 교묘한 포장이다."

"마케팅은 사기다."

"마케팅은 낚시다."

우리가 이러한 시선을 부정할 수 있을까요? 실리콘 밸리의 전설적인 컨설턴트 레지스 메케나의 메시지처럼 마케팅의 종말을 경험할 수도 있을지 모릅니다. 이는 결국 모든 마케터들이 자초한 일이며, 허위 사실, 가짜 후기, 허위와 과장, 저가 소재 등 가짜 상품과 눈속임 등으로 그 브랜드는 사라지게 되고, 다시 다른 브랜드로 위장하여 이 세상에 등장하게 되지요.

마케팅은 사회적 책임을 기반으로 행해져야 합니다. 그 바탕에는 진정성이 있어야 하며, 그 바탕을 망각한 제품들이 계속해서 등장하고 있기에 우리는 가장 근본이 되는 이 진정성에 기반한 마케팅을 구축해야 오래 사랑받는 브랜드가 될 수 있습니다. 이것은 부모님이 있어 우리가 이 세상에 있는 것처럼 제품과 서비스의 생명력은 바로 서비스 제공자의 진정성에 있어야 한다는 점에서 유사하다 할 수 있는 것입니다.

제가 언급하는 마케팅의 방향성은 바로 브랜딩을 통한 가치 창조이며, 이는 브랜드 신뢰와 브랜드 만족을 경험한 고객들의 규모 확충으로 안정적인 브랜딩을 하는 것입니다. 이는 새로운 신규 시장 진입에 굉장히 유리한 이점을 가집니다. 최근 잡음이 있긴 하지만 카카오와 네이버가 새로운 서비스를 한다고 했을 때 우리가 기대할 수 있는 간편함, 가격의 합리성, 개인 정보 등 다양한 항목에서 믿을 수 있다는 점수를 부여받고 시작하게 됩니다. 대규모 플랫폼 기업이 아니어도 소비자들의 충성심으로 무장된 회사들은 많습니다.

진정성은 조직을 운영하는 리더십이나 고객을 상대하는 마케팅이나 사람과 사람을 상대하는 사회생활이나, 연애에 있어서 그 가치가 모두 가장 상위에 위치하며, 가장 근본적 출발점이기도 합니다. 사람을 상대하는 상황에서 상대방이 다른 의도를 가지고 접근하는 것을 인지하였을 때, 우리는 빨리 그 자리를 벗어나고 싶어 합니다. 모든 사람 상대하는 것이 그렇지요. 마케팅도 마찬가지라 생각됩니다. 마케팅에서도 가장 본질적인 이 진정성이 그 브랜드를 측정하는 가장 중요한 수단으로 작용합니다.

호감 가는 사람에게는 그 사람이 지금까지 살아온 스토리에 관심을 가지게 됩니다. 그 사람이 어디서 태어났고, 그 사람의 취미, 관심사, 장래 희망, 목표 등 그 사람의 스토리를 공유하길 원합니다. 그것은 그 상대방에 대한 이해와 애정에 기초하게 됩니다. 기업과 사업을 하는 분들에게도 그 브랜드에 대한 스토리가 부여되고, 흥미로운 스토리는 그 브랜드에 생명력을 부여합니다. 해외에서 태어나 이제는 우리나라 브랜드가 된 휠라, 아디다스라는 라이벌과 치열한 승부를 벌이다 이제는 압도적 승리를 거두고 있는 나이키의 스토리, 2011년 작고한 스티브 잡스 이후에 많은 사람들이 곧 망한다고 했던 애플은 지금 팀 쿡과 어떤 콜라보를 보여주고 있는지 등에 관한 스토리는 이들 브랜드의 정체성을 형성하는 핵심 기둥입니다. 최고의 퍼포먼스만을 지향한다고? 아닙니다!!

지금의 소비자들은 굉장히 스마트한 면을 많이 가지고 있지요. 사회적 기여를 공유하며 활동하는 따뜻한 브랜드, 최고의 브랜드는 아니지만 항상 최고의 노력을 하는 모습을 보여주는 언더독

underdog 브랜드들도 그들을 찬양하는 소비층이 형성됩니다. 브랜드가 가지고 있는 본질을 명확하게 표현하고 스토리텔링을 통해 지속적인 교감이 필요하다는 이야기겠지요. 본질을 흐린 일시적인 귀인 오류를 통한 브랜드의 키워드 전달은 분명 추후에 다른 답을 받게 됩니다. 마케터들은 오늘도 그 본질에 대해 생각하고, 오랫동안 사랑받고 존경받는 브랜드에서 배울 수 있는 진정성에 뿌리를 내리고 있는 그 가치에 대해서 집중하고 또 집중해야 하겠습니다.

쉬는 시간 1

마케팅의 무서운 상대성 이론

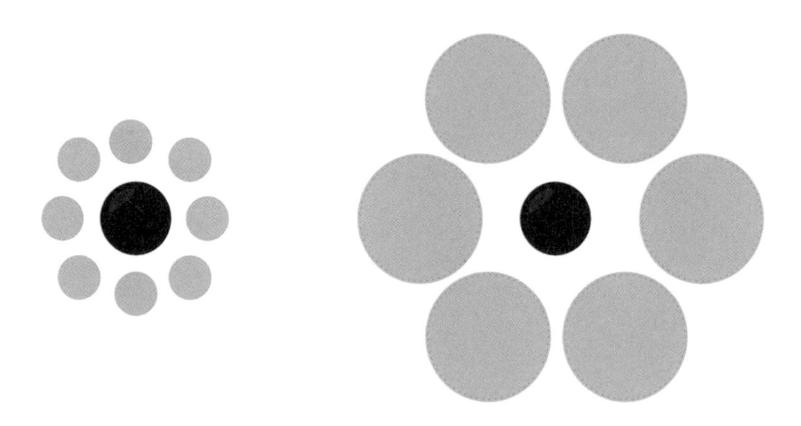

여러분들이 보시기에 어느 쪽 검은색 원이 커 보이나요?

행동경제학의 대표적인 인물 댄 애리얼리 교수의 저서 <부의 감각>에 있는 내용인데, 우리의 마케팅 즉 소비 행동은 굉장히 밀접한 심리적 측면을 기반으로 진행되는데, 소비학의 마케팅에서도 이 행동경제학에 대한 연구가 최근에 아주 많이 이루어지고 있습니다. 마케팅을 공부하시는 분들은 필히 행동경제학을 함께 공부하시면 마케팅 영역에서 굉장한 독보적인 위치에 설 수 있다는 점 꼭 잊지 마세요.

다시 원 이야기로 가서, 두 검은색 원은 사실 같은 크기입니다. 보통은 왼쪽에 있는 검은색 점이 더 커 보이는데, 이러한 착시현상이 생기는 이유는 우리의 감각은 두 개의 검은색 원의 크기를 비교하는 것이 아닌, 주변에 있는 원의 크기와 비교하기 때문입니다. 즉 비교해야 하는 대상을 직접 비교하는 것이 아닌 상대적 크기에 기반하여 오류적 판단을 하게 되는 것이지요. 이것을 시각적 상대성이라 하는데 이러한 시각적 상대성을 이용한 마케팅을 이미 많은 업체들이 하고 있고, 우리는 이미 그러한 서비스에 익숙해져 있다는 사실을 아셔야 합니다.

주의 분산과 미끼 상품의 유혹에 넘어가는 사람들

상대적 그리고 손쉬운 선택을 통한 소비 형태를 선호하는 경향 때문에 소비자는 치밀한 전략에 당하게 됩니다. 댄 애리얼리 교수는 그의 저서〈상식 밖에 경제학〉에서 그러한 사회적 현상을 언급하였는데, 내용을 더욱 쉽게 이해하기 위하여 실제 실험을 바탕으로 진행된 연구를 필자가 각색하여 독자들에게 전달하고자 합니다.

구독자는 강 박사 뉴스레터의 서비스를 원할 경우 1년 기한의 3가지 상품 서비스를 안내받게 됩니다. 일반적인 온라인 버전은 29,000원, 오직 인쇄물을 원할 경우는 99,000원, 세트 상품으로 온라인과 인쇄물을 다 이용하길 원할 경우 99,000원의 가격이 책정되는데, 이런 선택의 구조에서는 84%의 인원이 99,000원의 온라인과 인쇄물 서비스를 이용한다고 합니다.

그러나 여기서 29,000원의 온라인 정기구독과 99,000원의 온라인 및 인쇄물 서비스의 이 두 가지에서 고르라고 하면, 소비자는 과연 어떤 선택을 하게 될까요? 결과는 전혀 다른 양상으로 간다는 것입니다. 실험 결과에서는 인원의 68%가 온라인 구독을 선택하고, 나머지 32%의 인원이 99,000원 가격의 온라인 및 인쇄물 서비스를 선택했다고 합니다. 누가 봐도 아무도 선택하지 않을 99,000원의 정기 인쇄물 서비스를 추가하여, 이 아무도 선택하지 않는 서비스

구독료

환영합니다.
강박사 뉴스레터 정기구독 센터입니다.

당신이 신규로 혹은 신청하고 싶은 유형을 선택해주세요.

* 강박사 정기구독 29,000원
강박사닷컴 1년 정기구독
강박사 닷컴의 모든 인터넷 서비스 이용 가능

* 인쇄물 99,000원
강박사 마케팅데일리 인쇄버전 1년 정기구독

* 강박사 온라인 및 인쇄물 정기구독 99,000원
강박사닷컴 1년 정기구독 및 강박사 마케팅데일리
인쇄버전 1년 정기구독

는 게임 체인저가 되는 것이지요. 이러한 선택적 서비스는 여러분들도 이미 많은 경험을 하셨을 겁니다.

위의 결과에서 사람들은 인쇄물 서비스를 온라인 및 인쇄물 서비스하고만 비교한다는 것입니다. 이는 가장 단순하고 명쾌하며 또한 가장 판단하기 쉽다는 논리인데, 본질적인 비교를 못 하도록 뇌에 혼란을 주어 객관적 판단을 마비시키는 것이지요.

이러한 방식은 묶음 판매의 노림수에서도 발견할 수 있습니다. 패스트푸드점에서 우리는 단품의 필요성을 느끼고 매장에 들어서지만 결국 여느 때와 마찬가지로 세트 구성으로 결정을 하게 되고 지불하게 됩니다. 돈을 조금만 더 지불하면 감자튀김을 같이 먹을 수 있는데 누가 마다할까요? 어릴 적에 맥도날드 아르바이트를 하면서 햄버거 원가에 놀란 적이 있는데, 아무튼 이 행동경제학에서는 소비자의 가치 판단에 의해서 3,000원 하는 햄버거에서 2,000원가량 더 지불하면 콜라와 감자튀김을 얻는데 햄버거를 제외한 나머지 제품의 개별 상품 가치를 평가하지 못하게 되고, 이런 혼란을 전제로 기업 입장에서는 세일즈 영역에서 업세일링을 한다는 것입니다.

소비자 입장에서는 적은 돈을 들여 추가적인 상품을 개별로 사는 것보다 저렴하고 합리적으로 구입을 하였다고 인지할 것입니다. 결론은 브랜드 입장에서는 추가 판매되는 물품에 추가된 금액이 개별로 팔았을 때 보다 떨어지지만, 테이블 당 매출의 상승으로 전체적으로는 기업의 매출 증대 및 수익 증가로 탈바꿈하게 되는 것이지요.

한계 효용의 법칙

-고마해라 마이 무따 아이가

즐거운 마음으로 연인과 고급 호텔 뷔페에 가게 되었습니다. 우선 자주 왔다는 티를 내야 하고, 또한 무엇보다 비싼 돈 내고 왔으니 일명 본전 찾기는 성공해야 하겠지요? 그녀에게 점수 따랴, 본전 생각해서 알차게 먹으랴 바쁘다 바빠!

대화는 타이밍이라 했거늘, 이 두 가지 모두를 신경 쓰기는 쉽지 않습니다. 또한 무엇보다 '많이 먹어야 한다. 무엇을 먼저 먹지?' 종류는 너무 많고, 한 가지씩 다 먹어볼 수 있을지 고민이 됩니다.

여러분들도 한 번 정도는 경험했을 뷔페에서의 데이트 모습 아닙니까? 참으로 많은, 그것도 맛있는 음식이 준비된 뷔페에 있으면 심란해집니다. 스와스모어 대학의 명예교수 베리 슈워츠와 많은 심리학자들의 의견을 빌리자면, 선택을 할 수 있는 기회를 부여받는 것이지만, 사람들은 너무 많은 선택권을 부여받게 되면 기쁨은 줄어들고 오히려 자기 결심에 대한 의심이 커진다고 합니다. 일명 실패에 대한 두려움이 생긴다는 것인데, 수많은 종류에서 고른 나의 선택이 오류라고 판단될 때 이는 심리적인 작용이 되고, 추후 선택에 있어서 잔상이 남아있게 되고, 스트레스가 이어진다는 것입니다.

사실 연애 관점에서도 지금 현대 시대의 연인을 찾아 갈망하는 이유 중에도 그 맥락이 같은 것이 있는데, 바로 옵션이 너무 많다는 것이지요. 사실 만날 사람이 없다고는 하지만 우리는 예전보다 훨씬 자유로운 메타버스의 공간, 즉 온라인을 통한 자유로운 커뮤니티에 가입하여, 취미, 관심사, 건강, 라이프 스타일 등에 대한 공감대를 형성하고 많은 만남을 가질 수 있지요. 만남을 희망할 경우 다양한 창구를 통해서 만날 수 있고, 또한 최근에는 데이트 앱을 통해서 많은 만남이 이루어지기도 합니다. 이러한 오픈된 기회로 인해서 사실 다양한 옵션을 비교하다 보니, 자기 결정 장애가 생기게 되지요. 또한 자기만족 지수에 대한 기대치가 높다는 것도 연애의 선택을 어렵게 하는 요소가 되기도 합니다. 오늘날에는 타인과의 인간관계를 가늠하는 기준이 바로 인스타그램, 페이스북, 틱톡 등 다양한 소셜 미디어 피드를 올리고 많은 관심을 받는 것인데, 이는 연출된 일상과 행복이기에 이로 인한 상대적 박탈감, 나만 헛도는 듯한 기분으로 아픔이 더욱 커지기 때문입니다.

다시 뷔페 이야기로 돌아옵시다. 우리가 이와 같은 어떤 음식을 먼저 먹고 어떤 음식 위주로 몇 접시는 먹어야 할까에 대한 고민을 하는 이유는 바로 우리의 몸이 한계 효용 체감의 법칙 적용을 받기 때문에 그렇습니다.

한계효용 체감의 법칙은 보통 우리가 먹는 음식으로 많이 비유하는데 아무리 맛있는 음식을 먹어도 처음에 느꼈던 그 입안에 들어오는 행복과 삼키는 감각적 행위들이 어느 순간부터 고욕으로 변하기 때문입니다. 그래서 즐길 수 있는 시간 안에 최대한 맛있게 먹고, 다양한 음식을 경험하고 싶어 하는 이유에서 뭐부터

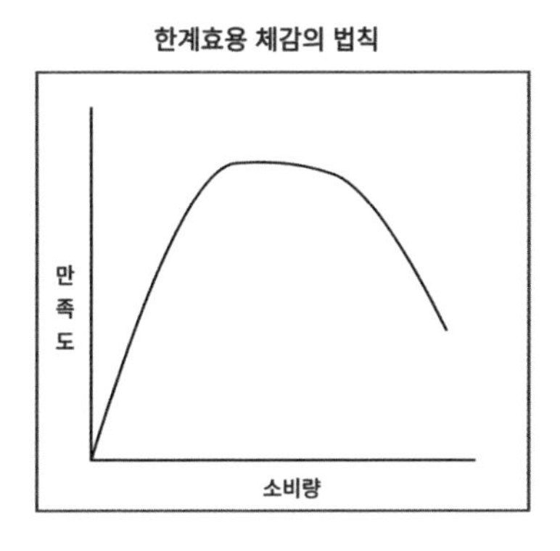

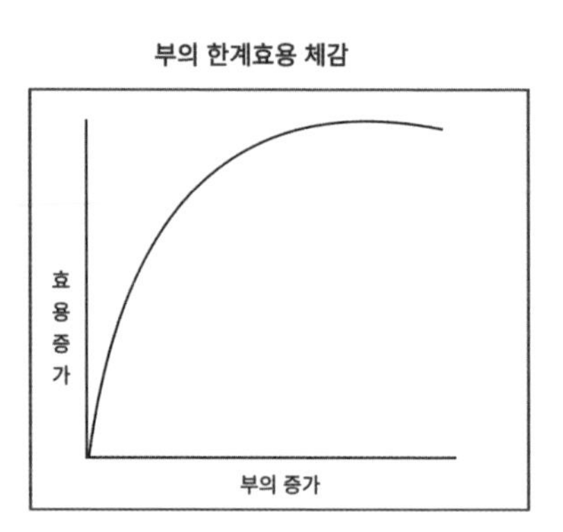

먹을지 어떤 걸 먹을지 고민해야 하는데 대화 분위기 잡으랴, 맛있는 거 먹으랴 정말 정신없는 순간일 듯합니다.

뷔페에서 한계 효용 체감의 법칙을 가장 늦출 수 있는 방법은 우선 좋아하는 음식만 먹는 것이 아닌 다양한 음식을 경험하여 각각의 음식 만족도를 경험하는 것이 좋습니다. 우리의 혀는 굉장히 적응력이 빠르기에 초반부터 강한 양념이 들어간 음식을 먹으면 한동안 그 감각에 적응되기 때문에 순한 음식부터 시작해서 서서히 페이스를 올리는 걸 추천합니다. 그리고 센스 있는 대화의 유지가 또한 중요하겠지요?

일반적인 한계 효용 체감의 법칙에서 두 가지 내용을 더 분석하자면 우선 부의 한계 효용 법칙과 한계 효용의 법칙이 적용받지 않는 것이 있는데 우선 부의 한계 효용 법칙도 일반적인 한계 효용 체감의 법칙과 같은 길을 간다라고 할 수 있겠습니다. 일반 사람에게 1억이 갑자기 생긴다면 매우 큰 기쁨을 느끼게 될 것입니다. 하지만 그것이 일상이 되고 반복되어 많은 부를 이루었다고 칩시다. 즉 빌 게이츠 입장에서 갑자기 1억이 생긴다고 일반 사람에게 1억이 생긴 기쁨과 같은 크기일까요? 이 논리를 바탕으로 많은 경제학자들은 이러한 부의 증가는 일정 수준에 도달하면, 그 기쁨을 줄 수 있는 영향력에서 사라집니다. 적정 수준의 부를 창출하는 행위는 그 행위(부의 증가)를 통한 만족이 동반되기에 기쁨이 이어지지만, 한계 시점에서는 그런 기쁨을 줄 수 없다는 것입니다.

반면 예외 사항이 있는데 바로 중독입니다. 우리는 중독 현상에 빠지면 몰입의 수준이 일반 사람들의 평범한 모습과는 사뭇 다르다는 것을 잘 알 것입니다. 게임과, 도박, 스마트폰, 약물 등 몰입의 한계를 넘어서는데 여기서 도박은 매몰 비용Sunk Cost의 이유이기도 한데 본전은 찾아야 한다는 심리적 영향으로 인해서 도박에 계속 몰입하게 되지요.

우리는 이와 같은 현상을 이 물질의 특성으로 알 수 있게 됩니다. 1957년 런던 근교의 런웰 병원 연구실에서 캐슬린 몬터규Kathleen Montagu에 의해 발견된 뇌 속 화학물질인 도파민이고, 이 무서운 녀석은 뇌세포 중에 0.0005%, 즉 200만 분의 1에 불과한데도 이 화학물질은 사람의 행동을 결정할 수 있는 녀석입니다. 사람들은 도파민 신호가 작동되면 쾌감을 느끼게 되고, 이 소수 정예의 친구들을 깨우기 위해서라면 어떤 고생도 마다하지 않게 됩니다. 또한 조건 성립이 더욱 강화되면 쾌락 호르몬인 도파민을 갈구하는 생리적 욕구가 더욱 강해집니다. 거의 모든 사람들이 저항할 수 없을 정도의 엄청난 힘을 가지고 있는 호르몬이 도파민입니다.

여기서 재미난 점은 우선 인간은 예측 가능한 범주를 넘어서야 이 도파민이 왕성하게 움직이는데, 가끔 알고 지내던 이성 사람 친구로부터 연락이 오거나, 술집에서 어떤 이성과 만나게 되었는데 이 사람과 어디까지의 인연으로 갈지 등 쾌락 자체가 아닌 예측 불가능성, 즉 가능성과 기대에 대한 반응이라는 것입니다.

또한 도파민을 통해 사랑이 식는 이유에 관해서 확인할 수 있습니다. 수 세기 동안 인류가 해결하지 못한 이 난제를 도파민이 명확하게 증명을 하였는데, 애초에 인간은 예측 불가능한 일들을 갈망하고 살아오고 있습니다. 그러하기에 인간은 다양한 가능성에 대한 꿈을 가지고 살아가는 반면 익숙해진 것에는 흥분과 기대가 사라집니다. 이를 계기로 인간은 다른 곳에 시선을 두게 되는데, 이러한 보상을 과학자들은 '보상 예측 오류reward prediction error'라고 부른답니다. 길을 걷다 1만 원 지폐를 주웠을 때, 매번 줄 서야 겨우 먹을 수 있는 맛집에서 웨이팅 없이 바로 음식을 먹을 수 있을 때, 우리가 예상 못 한 이 행복한 오류로 우리는 도파민을 작동시키게 됩니다.

매일 다니던 출근길 오직 스마트폰만 집중하면서 다니곤 했는데, 내가 그리 좋아하던 수제 햄버거 브랜드가 동네 출퇴근길 거리에 생겼습니다. 지각을 하더라도 당장 들어가서 패티 굽는 냄새를 느끼고 싶고, 점원이 "굽기는 어떻게 해드릴까요?" 물으면 바로 "미디엄으로 구워주세요." 외칠 것이라는 상상을 안고 매장에 들어서는데, 이때부터 도파민은 폭발하게 됩니다. 예상하지 못한 큰 기쁨이 다가온 지금이 너무나 기쁘기만 하지요. 처음에는 매일 그리고 이어서 일주일에 2~3번 가면 여전히 행복하지만, 처음에 느꼈던 그 감정과는 비교할 수 없을 만큼 작아집니다.

개봉한 아이스크림이 반쯤 녹은 것처럼 예전의 영광은 사라진 지 오래입니다. 같은 직원, 같은 멘트, 같은 냄새, 행복이 익숙함과 지루한 시간으로 변하는 그 시점, 도파민은 사라지게 되는 것이고, 우리는 한동안 그 햄버거 가게를 가지 않게 될지도 모릅니다.

마케팅에서의 한계효용 체감의 법칙

과유불급過猶不及

연인의 사랑에서도 너무나 지나친 사랑을 표현하는 일방적인 공급의 측면이 이어지면, 금방 그 사람에게 질리게 되고, 또한 지속적인 선물 공세로 마음을 산 자는 결국 상대방에게 자신이 당연히 선물을 위하여 비용을 지불하는 자로 인식될 수 있습니다. 일명 호의가 계속되면 권리인 줄 착각하게 된다는 것이지요.

상대방에게 어필하기 위해 자신의 장점을 늘어놓습니다. 그 시간이 길어질수록, 그의 얘기에 대한 집중도는 떨어지게 되는데, 그렇게 지속되면 그가 '장점'이라 생각해서 말한 것들은 다른 사람에게는 '자랑' 또는 '잘난 척'이 됩니다. 자상함이 투머치 토커로 변질되는 순간이지요. 소비자의 마음을 얻기 위해 브랜드의 장점을 소개하는 것은 매우 중요하지만, 짧은 시간에 내에 많은 정보를 전달하려는 경우가 많아요. 일례로, 제품을 구매하려는 소비자가 쇼핑몰 사이트에 접속하고 오늘 구입하면 20% 할인한다는 팝업창을 본다면 구매 확률이 증가할 것입니다. 그런데 여러 개 팝업창이 동시에 뜬다면 오히려 그 소비자는 모든 팝업창을 확인하지 않고 종료할 가능성이 커집니다. 사람의 심리상 눈앞에 많은 글자가 보인다면, 피로감을 느끼며 부정적인 생각을 하게 되지요. 부연 설명을 길게 하기보다는 브랜드의 서비스와 제품의 장점과 연관된 핵심 포인트나 스토리텔링의 키워드로 표현하는 것이 소비자에게 좋은 결과를 가져다줍니다.

또한 최근의 코로나19와 관련해 사람들의 심리상태에 편승한 과한 위기감을 조성하여 위기 마케팅을 행한 경우들이 있습니다. 면역력을 높여야 코로나19를 막을 수 있다며 건강기능식품이 코로나19 극복에 큰 도움이 될 것이라 홍보하기도 합니다. 물론 면역은 바이러스 방어에 중요한 방어수단이지만, 직접적으로 자사의 제품이 코로나19에 특화된 면역력을 가지고 있다는 듯한 마케팅과 자사의 공기청정기가 각종 바이러스를 막아주고 코로나19에 매우 효과적이라는 근거 없는 마케팅, 그리고 과한 효능을 앞세워 확인되지 않는 사실을 바탕으로 마케팅에 임한다면, 지금 시대의 현명한 소비자들은 바로 그 제품을 외면하게 됩니다.

또한 마케팅에는 모든 제품의 제품 생명주기가 있습니다. 이는 어떤 제품이든 마찬가지인데, 그 시기에 맞는 마케팅 기법이 있습니다. 이 생명주기를 통한 마케팅의 한계효용이 발생하는데 내용은 이렇습니다. PLCProduct Life Cycle라고 부르며 제품 생명주기는 경제학자 조엘 딘Joel Dean이 발표한 연구에서 소비자가 사용하는 제품들에는 제품 기획부터 생산, 쇠퇴까지 일정 주기가 있다는 내용을 골자로 이 제품 수명 주기를 넘어선 제품에는 수 없는 마케팅 비용과 시간을 들여도 그 효과성에서 굉장히 치명적인 피해가 발생할 수 있기에 마케터 입장에서는 이 시기에 대한 고려가 필요합니다.

시장에 출시된 제품은 4단계의 과정은 거치는데 기획에 이어서 출시를 이룬 도입기부터 초기에 도입을 바탕으로 매출의 증대와 브랜드의 인지도가 올라가는 성장기를 거쳐 후발주자의 등장과 경쟁업체와의 치열한 프로모션 대결 등 다양한 리스크를 가지게 되는 성숙기 이후에 기업에서 제품의 철수를 고려해야 하는 쇠퇴기까지 4단계의 과정이 바로 제품 수명주기입니다.

도입기

마케팅에서 가장 중요한 시기 매출과의 비례적 측면이 아닌 강하게 성장 측면을 고려한 프로세스

성장기

브랜드의 매출과 인지가 같이 올라가는 시기, 시장 점유율 확보에 힘써야 하는

시기

성숙기

제품의 성장 측면에서 한계성에 다다른 시기, 새로운 시장 및 제품 준비에 집중해야 하는 시기

쇠퇴기

경쟁사의 대체재 및 개선된 상품이 출시되어 더 이상 마케팅의 의미를 둘 수 없는 시기

제품생명주기

도입기 (Introduction phase)	성장기 (Growth phase)	성숙기 (Maturity phase)	쇠퇴기 (Decline phase)

좋은 인식으로 가는 길

호의라는 마음은 신기해서 일종의 착각으로 생겨나기도 합니다. 흔들다리 효과로도 그 의미를 증명하였으며, 우리는 보통 필요에 의해서 매장에 들어서면 직원을 맞이하게 되는 경우가 있는데, 친근한 상냥함으로 우리를 대하는 모습에 '이 사람이 나를 좋아하나?'라고 착각을 하기도 합니다. 필자의 경우 굉장히 그런 경우가 많습니다. 대부분 나의 예감은 틀리긴 했지만요.

도와준 사람에게 호의를 갖는 것은 우리의 마음이 진정성을 확인하였기 때문입니다. 사람은 모순되는 상태를 싫어하기 때문에 상대방에게 느끼는 여러 감정에서 모순이 생겼을 때 그것을 진단하고 해소하기 위해서 행동을 취하게 됩니다. 드라마나 영화에서 많이 이런 장면 익숙하지요. 여자 주인공이 불량배들에 둘러싸여 위기에 처했을 때 남자 주인공이 용기 있게 등장하여 불량배들을 혼내주거나 혹은 대신 맞아주기도 하지요. 이럴 때 사실주의로 보자면 의로운 행동일 수도 있고, 정말 좋아해서 그런 행동을 했겠지만, 여주인공은 자기를 좋아하기 때문에 도와줬다면 행동과 감정이 모순되지 않기 때문에 도와준 상대에게 무의식적으로 호의를 갖게 됩니다.

이것을 인지 부조화 이론cognitive dissonance theory이라고 합니다. 이는 페스팅거Leon Festinger의 주장으로 탄생된 이론입니다. 사람의 마음이라는 것이 바로 이러한 상대방의 호감이나 호감을 바탕으로 한 행동에 많은 감정의 변화를 느끼게 됩니다. 진정성을 바탕으로 한 친절을 경험하게 되면, 친절을 보여준 사람의 내면을 더욱 궁금해 하게 되고, 좀 더 알고 싶어지게 됩니다. 이성이든 동성이든 진실된 면을 보게 되면 그 사람과의 벽도 허물어진다는 것은 너무나 공감되는 당연한 이야기지요.

각박한 사회생활 속에서 우리는 진정으로 나의 마음을 헤아릴 수 있는 사람을 원하게 됩니다. 나의 마음의 짐을 공감해 주고, 속편하게 함께 웃거나 웃어줄 수 있는 베스트 프렌드의 성향을 가진 사람이 있다면 정말 대환영이겠지요?

마케팅 인식의 법칙
-호감을 받는 제품과 서비스는 다 이유가 있다.

브랜딩의 성장을 위하여 기업들끼리 행하는 인식의 경쟁으로 진화하고 있습니다. 연애에서 좋은 인식을 통해 상대방에게 호감을 느끼는 것처럼 서비스 제공자 입장에서도 좋은 이미지를 구축하는 것이 초기에 굉장히 중요한 사안이라고 할 수 있겠습니다. 인식의 경쟁에 대해서는 몇 가지 중요 포인트를 체크해야 합니다.

1. 저가 가격 공세로 잘 팔리는 것은 아니다.

초반에 브랜드의 인지도를 높이기 위해서 많이 사용하고 있는 저가 가격 책정은 꽤 좋은 방식이긴 합니다. 당장 가격에 몰입하고 있는 소비자들 대상으로 많은 제품의 사용을 유도할 수 있으니까요. 하지만 저가 가격의 책정은 다시 되돌아올 수 없는 강을 건넌 것이기에 포지셔닝에 굉장한 제한이 생깁니다. 프리미엄을 지향하는 브랜드에서 대중성을 강조한 신규 브랜드를 만드는 것과 저가 브랜드에서 프리미엄 신규 브랜드를 출시하였을 때 소비자들이 갖는 선입견은 굉장히 강하게 형성되어 있기 때문에 접근법 자체가 중요하다고 할 수 있습니다.

가격의 책정이란 고객의 수요, 상품의 용도, 구매 횟수, 시장 상황 등의 모든 것이 복합적으로 작용하여 책정되기 때문에 향후 가치적 판단을 했을 때 굉장히 세밀한 접근이 필요합니다.

2. 가장 좋은 물건은 없다. 더 좋은 상품만 있을 뿐이다.

상품과 서비스는 소비자의 생각과 판단을 통해 결정하게 되며, 이 치열한 시장은 너무나 냉정하기에 경쟁에서 살아남아 소비자에게 인식되고, 판매되어야 합니다. 끝 모를 인기를 얻었던 제품도 언제 판매의 벼락에 설지 모릅니다. 적시에 더 새로운 마케팅으로 기회를 잡고, 기회를 잡아야 시장을 장악할 수 있는 시대입니다. 시장을 장악한다기보다는, 시장을 장악해야 좋은 상품이 될 수 있습니다.

가장 좋은 상품이란 상품이 실제로 그래서가 아니라, 해당 상품에 대한 소비자의 생각이 그렇다는 것이고, 상품을 가장 좋은 상품으로 인정하는 과정에서 우리가 중요하게 생각해야 하는 것은 사용자의 직접적인 경험입니다. 잠재 고객에게는 기존 사용자의 경험이 크게 작용합니다.

3. 고객은 브랜드의 인식을 함께 구매한다.

상품에 대한 인식이 상품의 기능보다 우선할 때가 있습니다. 특히 제가 고려한 상황이 바로 사람들의 입맛에 관련해서인데, 사람들이 맛있다고 추천한 식당에 가서 의외로 별로라는 결론을 내릴 때가 많습니다. 지나친 기대 심리의 경우이기도 하고, 보통 해외나 우리나라의 경우에서도 미슐랭 가이드가 이 시대 최고의 레스토랑만 모았다고 다들 인정하지는 않을 것입니다. 개인의 선호도와 환경, 서비스와 제품, 음식을 경험하는 소비자의 그 당시 상황이 모두 고려되어 다른 판단이 생길 수도 있기에 개인화된 선택적 기준에서 우리는 최대한 많은 고객을 대상으로 우리의 브랜드에 대한 고객의 기대를 만족시켜줄 가치를 만들어야 합니다. 대중성에 기인한 브랜드의 인식을 만들고, 이러한 브랜드에 인식하는 소비 형태는 경제적 수준이 높을수록 자신의 가치에 맞는 제품을 선택하려는 경향이 강합니다. 그들은 유명 브랜드의 비싼 상품을 사는 데 익숙하고, 그러한 소비를 통해 자신을 표현하기에 그러한 인식에 밀접한 관계를 유지하고 있습니다.

4. 상품 인식이 모든 것을 결정한다.

결국 한정된 재화와 시간으로 경쟁사보다 더욱 판매를 높이기 위한 전략을 수립해야 하는데, 이때는 명확한 방향성이 있어야 합니다. 자주 구매하지 않는 제품은 이러한 원칙이 더욱 강하게 적용됩니다. 일명 소비의 관여도를 통해서 구매 결정이 되는 과정에서 스마트폰, 자동차, 정장, 레포츠 용품, 여성용 백 등 고 관여 상품이라 생각되는 품목에서는 브랜드에 대한 더욱 강한 상품 인식이 생깁니다. 그래서 이러한 브랜드들은 로열티 마케팅 등을 이용하여 고객들과의 다양한 소통을 하게 되는데 이들은 상품정보와 관련된 광고를 통해 오는 것이 아닌, 자기 자신의 의지로 오는 것이 일반적이지요.

충성고객은 기업의 광고에 의존하는 것이 아닌 기업이 가지고 있는 브랜드와 자신의 일체성, 제품, 서비스, AS 서비스 등 다양한 관점에서 관심과 그리고 매출에 밀접한 영향을 주는 고객이기에 이러한 고객을 대상으로 한 매우 특별한 관리와 관계 지향성 수단이 필요합니다.

충성 고객 그들의 특성은

• 기업이 제시한 소비자 판매, 서비스 금액에 민감하게 반응하지 않습니다.

• 자체적인 채널을 통해 기업의 제품과 서비스를 홍보해 줍니다. (지인, 자체 SNS)

• 제품, 서비스의 매력보다 대개 그 브랜드의 만족을 바탕으로 열혈팬이 됩니다.

• 이벤트, 광고 등의 범주에서의 활동 범위가 아닌 상시성 관계를 바탕으로 활동합니다.

• 일명 진상JS 고객을 말끔하게 케어하였을 때 충성도 높은 고객으로 돌아설 확률이 높습니다.

결국 이러한 고객층(열혈팬)을 확보하기 위해서는 브랜드 이미지 향상을 위해 개발에 투자해 꾸준히 질 좋은 제품을 생산하거나, 고객 서비스의 질을 극대화하거나, 광고, 사회 공헌 가치 등으로 좋은 이미지를 구축하여 고객 로열티를 높이는 전략과 행동을 진행해야 합니다.

전적 보상과 특권 보상이 적절하게 믹스되어 고객과의 관계를 진행하는 것이 로열티 마케팅의 핵심이며, 특징에서 언급한 충성 고객은 결국 제품과 서비스보다는 그 브랜드에 더 높은 점수를 부여하여 그 관계를 이어가는 것이기에 브랜드 이미지의 구축 그리고 발전하는 모습을 보여야 하는데 브랜드 이미지는 제품뿐 아니라 사업 등에도 있으며, 이미지 유지를 위해서는 고객의 변화에 늘 민감하게 반응해야 합니다. 또한 역설적으로 한결같은 모습도 충성고객의 확보의 비결이 될 수 있으니 균형을 잘 맞춰야 합니다.

5. 최종 목표는 브랜드 인식이다.

시장을 확보하려면 우선 고객의 인정을 받아야 하고, 고객의 인정을 받기 위해서는 고객 자신의 머릿속에 ‘명품 브랜드’로 각인되어야 합니다. 값비싼 명품 브랜드만을 뜻하는 것이 아닌 고객 각각의 판단에서 최고의 브랜드로 인식한다는 것인데, 브랜딩을 통한 가치 구현은 기업이 가지고 있는 유형자산보다 훨씬 높은 가치를 인정받기도 합니다.

비싼 가격이 더 좋을 것이라는 당신의 생각

소개팅 자리에 남자가 굉장히 비싼 스포츠카를 타고 나타났습니다. 배기음으로 주변에 비싼 차가 왔다는 걸 다시 한번 확인시켜 줍니다. 필자의 청각을 기준으로 보자면 국산 차를 배기 튜닝한 사운드와 진짜 스포츠카의 배기음은 확실히 다릅니다. 일단 존재감 팍팍 심어주며 등장한 그는 발레 직원에게 차 키를 전해주고 자신감 넘치는 걸음으로 소개팅녀 앞에 다가섭니다. 더 일찍 올 수 있었음에도 스포츠카의 존재를 미리 각인시키기 위한 그의 연출은 모든 계획의 연속성으로 척척 잘 진행되고 있습니다. 상대편 소개팅녀의 입장으로 볼까요?

남자가 미리 장소에 도착하지 않아 살짝 기분이 상한 상태였는데 아니, 드라마나 영화에서나 볼법한 스포츠카가 약속 장소 카페 앞으로 오더니, 카페 안에서도 들릴만한 강력한 배기음이 들

리고, 한 남자가 내렸는데, 미리 확인했던 소개팅남의 사진과 일치하는 인물이 아닌가요? 상했던 기분은 점차 누그러지고, 온통 명품처럼 보이는 그의 얼굴과 그가 착용한 시계, 의상 그리고 신발까지 모든 아이템의 구성이 완벽해 보입니다. '제발 성격만 괜찮으면 아니 크게 모자라지만 않으면 내가 최대한 맞춰보겠어!!!' 살짝 왜곡된 인식이라 할 수도 있겠지만, 다들 한 번쯤은 이런 상대방을 꿈꾸어 보지 않았을까요?

유럽의 워런 버핏이라 불리는 앙드레 코스톨라니는 부자가 되는 3가지 방법에서

- 부자인 배우자를 만나라.

- 사업을 한다.

- 투자를 한다.

이렇게 주장하였습니다. 그만큼 주식에 중점을 둔 그의 지론이지만 인류사에서 배우자에 대한 기대와 바람은 집안과 집안의 발전을 위해 좋은 집안과의 협력으로 더욱 강화된 세를 구축하고 싶어 하는 욕망이 인간의 유전자에 담겨 자연스럽게 이어져 오고 있습니다.

다시 소개팅 자리로 시선을 돌려봅시다. 사람은 첫 이미지의 호감을 통해 인지 속에 자연스럽게 왜곡된 시선을 가지게 된다고 언급했는데 이것이 바로 후광 효과입니다. 후광 효과는 일종의 편견이 원인인데, 매력적인 외모를 사진 사람은 성격도 좋고, 장래도 유망하리라고 판단해 버리기 때문이지요. 즉 한 가지 매력적 요소로 그 사람 전체를 평가하는 것을 후광 효과라고 합니다.

완벽해 보이는 그는 좋은 차를 타고 다니기에 부자일 것이고, 능력 있는 사람이라는 1차적 판단을 하게 되는 것입니다. 사회적 부의 평가에 의해서 기본적으로 좋은 차를 타면 잘 살 것이고, 삶의 여유가 있을 것이라는 생각을 하게 되는 것이지요. 이런 사람들의 심리를 이용하여 나쁜 범죄로 이용되기도 하는데, 그만큼 방어적 기질을 두고 보더라도 비싼 명품으로 치장하고 있는 사람에게 보이는 사회적 평가 기준의 작동원리는 우리 인간 안에 내

재된 상대방을 판단하는 하나의 기준인 것입니다.

비싼 것은 좋은 것이라 믿는 베블런 효과

쇼핑의 심리학으로 보면 우리는 선택지가 3개인 경우에는 중간을 고르는 경우가 많다고 합니다. 예를 들어 점심을 먹으러 갔는데 세트 메뉴가 7,000원, 9,000원, 12,000원의 구성이 있다면 많은 사람들이 9,000원 상품을 택한다고 합니다. 심리학 측면에서 보면 대부분의 사람은 직감적으로 중간을 고르는 경우가 많다고 합니다. 9,000원 메뉴의 선택을 많이 하는 이유는 사람은 망설여질 때는 극단적인 선택을 피하려고 하기 때문입니다.

이와는 다른 측면으로 소비를 통해 나를 표현할 수 있는 상황과 결과에서는 다른 결과를 보여주는데, 미국의 경제학자 소스타인 베블런Thorstein Veblen은 가격이 곧 사회적 지위를 상징한다고 생각하였으며, 그의 저서 <유한계급론>에서 '소비자들은 때로 우월감과 존재적 가치를 부각하기 위해서 과시적 성향의 소비를 하게 된다.'라고 언급하였습니다. 이를 흔히 베블런 효과Veblen effect라고 합니다.

마케팅에서 브랜딩에 많이 이용하는 것이 바로 베블런 효과인데 심리학을 고려한 소비학과 마케팅에서 남들에게 나를 평가받을 수 있는 상품과 서비스에서는 상품과 서비스가 고액일수록 상품에 대한 신뢰감과 고액의 상품을 얻었을 때의 만족감이 커지게 됩니다. 흔히 자신에게 주는 선물의 용도에서 이와 같은 심리적 측면이 작용하는데, 조금이라도 비싼 가격이 나에게 더 좋은 선물을 하고 싶은 일종의 보상심리이며, 평가를 받는 잣대가 되기 때문입니다. 또한 높아진 자기 효능감으로 살아가는 요즘 현대인들에게 이와 같은 보상심리는 더욱 강화된 측면이 있습니다.

취미활동을 할 때 내가 사용할 제품과 서비스에 대해서는 비용을 아끼지 않고, 지불할 용의가 있고, 여러분들도 실제로 그러한 현상을 여러분과 주변 사람들을 통해 확인할 수 있을 것입니다.

치즈케이크
5,000원

프리미엄 치즈케이크
8,000원

최근 SNS의 발달과 다양한 소통이 이어지고 있기에 경쟁적 소비와 과시적 소비를 더욱 부채질하는 환경이 조성됨에 따라, 품목에 따라서 과시할 수 없는 제품들에 대해서는 극단적인 가성비와 가심비를 추구하면서도 과시가 가능한 경우에는 더욱 잘 팔리는 구조이지요. 경제학의 '가격-수요' 관점으로는 '비쌀수록 안 팔리는 것'이 맞는데, 이제는 '비싼 덕분에 잘 팔리는 것'이 생겨나고 있는 것입니다. 이러한 제품들의 경우에는 비쌀수록 오히려 잘 팔리는 경향의 타인 의식적 소비 형태를 보여주고 있습니다.

가격의 합리성으로 판매가 올라가는 것이 일반적인 견해로, 비쌀수록 안 팔린다는 고전 경제학의 소비자 측면과는 달리, 지금은 비싼 가격이 나를 더욱 빛나게 해주는 조건이 되어 많은 브랜드에서 이와 같은 전략을 구축하고 있습니다.

언제
밥 한 끼 해요

-이 세상에는 공짜가 없다

연애를 시작할 때 거리의 근접성은 너무너무 중요한 요소입니다. 사회 심리학자 클라크Clake는 그의 연구에서 미국 오하이오 주에서 혼인신고를 한 431쌍 중 54%가 처음 만남을 시작할 때 16블록 이내에 거리에 살고 있었으며, 34%가 5블록 이내에 살고 있었다고 합니다. 넓은 국토를 가지고 있는 미국에서 굉장히 지역적 관계를 가진 결과인데, 이는 거리 근접성과 친구 관계를 다룬 페스팅거Festinger의 연구에서도 가까운 방이나 사람들이 자주 지나다니는 방일수록 친구가 많다는 것인데, 이는 사람 관계 특히 연인으로의 관계로 발전 시 자연스러운 만남을 자주 이어가는 것이 굉장히 주요한 관계성 혹은 전략성을 가질 수 있다는 것을 뜻합니다.

얼굴을 마주하는 횟수가 많을수록 호의가 커지는 것을 단순

접촉의 원리라고 합니다. 같은 사람을 여러 번 만나면 그 상대방에 대한 호감이 발생하게 되고, 이는 사람뿐만 아닌 제품, 현상, 상황에 대해서도 마찬가지입니다. 위의 연구와 마찬가지로 심리학자 보사드James Herbert Siward Bossard도 남녀 간의 물리적인 거리가 가까울수록 심리적인 거리가 좁혀짐과 동시에 결혼할 확률이 높아진다는 결과를 바탕으로 그의 이름을 딴 '보사드의 법칙'이 생겼습니다.

우리는 왜 만나기만 해도 호의를 갖게 될까요? 사람들은 대부분 모르는 사람에 대해서는 방어적인 기질과 경계심을 가지게 됩니다. 그런데 자주 만나게 되면 그런 방어적인 기질과 경계심이 허물어져서 호감이 생긴다는 것입니다. 물론 처음부터 마음에 들지 않으면 만날 일은 없을 테니 관계성에 있어 기회라는 것은 참 중요한 요소라 할 수 있습니다.

또한 심리학자 자이언스Robert Zajonc는 사람들에게 많은 사람들의 사진을 무작위로 보여주고 그 사진 속 인물에 대한 인상을 확인하였는데, 사진을 보여준 횟수가 높은 인물들의 호감도가 더 높게 측정되는 것을 발견하였습니다. 상대방과의 거리가 가까우면 만나기도 쉽고 또한 많은 교감을 할 수 있으니, 만약 당신에게 좋아하는 사람이 생겼다면 그 사람과 자주 만날 수 있는 계기를 만들어 보세요. 단 처음부터 과도한 부담을 주는 행동은 삼가세요.

우리는 흔히 인간관계 형성 측면에서 안부 멘트로 "언제 밥 한번 먹자."라는 이야기를 자주 합니다. 보통 우리의 인식 속에는 밥 먹자는 사람이 밥을 사겠다는 의미도 내포하고 있지요.

우리 한국인에게 밥이란 의미는 매우 큰 의미가 있습니다. 많은 전문가들의 분석에는 6.25 한국전쟁을 통해서 크나큰 피해를 입었던 우리나라에서는 밥을 먹는 것이 생존이며 가장 큰 행복이었기에, 밥 먹는 것에 대한 중요함이 담긴 인사가 기본적 안부 멘트가 되었다는 것입니다. 물론 상투적 표현으로 치부되기도 하지만, 대개 연애의 관점에서 밥이나 커피 등은 상대방에게 어필할 수 있는 가장 무난한 작전 중의 하나입니다.

상호성의 법칙을 통해서 이 이론은 증명되기도 하는데 1971년 심리학자 데니스 리건Dennis Regan은 연구 대상자 대학생들 중 일부에게 콜라를 권하였고, 이후 연구 대상자 대학생들 전체에게 기숙사 자선 모금을 위한 행운권 구매를 권유하였습니다. 여기서 콜라를 받은 대학생들이 그렇지 않은 학생보다 두 배 이상 행운권을 구입하였으며, 이는 상대방에게 받은 호의에 나도 호의로 반응해야 한다는 상호성의 법칙이 작용한 것입니다.

사실 이러한 현상이 정말 많이 발생하는 것 중의 하나가 결혼식입니다. 오랜만에 연락 온 친구가 모바일로 청첩장을 보내면 불쾌함을 느끼기도 하고, 가야 할지 말아야 할지 고민하는 분들이 많습니다. 이 문제로 인한 사회적 이슈는 온라인에서 쉽게 찾아볼 수 있기도 해요. 안면몰수의 친구를 어떻게 대하느냐에 대한 고민인데 대표적인 상호성의 법칙 사례입니다. 또한 축의금 문제도 그러한 현상의 연속입니다. 이 친구가 내 결혼식 때 얼마를 축의금으로 주었는지 우리는 기억을 회상하고 방명록을 다시 열어보게 됩니다. 이 법칙을 도입하면 세상살이에 참 많은 상호성의 법칙이 떠오르시죠? 우리의 삶과 밀접하게 적용되어 있다는 뜻인데 여기서 예외가 하나 있지요. 바로 부모가 자식에게 전하는 사랑입니다. 무엇을 기대해서가 아니라 의무이며, 커가는 자식을 볼 때 보람과 행복을 느끼기에 행하는 우리 부모님들의 사랑과 헌신을 잊으면 안 되겠죠?

상호성의 법칙은 상대방의 호의뿐 아니라 부정적 행동으로부터 시작될 수도 있어요. 다가오는 상대방에게 친절하게 인사를 했는데, 상대방에게서 별다른 반응이 없을 때 우리는 많은 무안함을 느낍니다. 실제 상대방이 인식하지 못했을 확률이 높은데, 우리는 상대방이 나를 무시하거나 나를 싫어한다 생각하고, '앞으로는 그 상대방에게 대응하지 않겠다.'라는 생각을 가지게 됩니다. 부정적인 인상을 받으면 우리는 마찬가지로 부정적인 신호로 맞대응을 하는 경우가 많습니다.

마케팅에 공짜는 없다. 아니, 이 세상에 공짜는 없다.

PC와 모바일로 무장한 인터넷의 무한한 진열 공간과 매우 저렴한 물류비용 때문에 80%의 '사소한 다수'가 20%의 '핵심 소수'보다 뛰어난 가치를 창출한다는 '롱테일 이론'을 주창했던 '와이어

가는 말이 고와야 오는 말이 곱다

드'의 편집장 크리스 앤더슨의 저서 <프리>에는 네 가지 공짜 전략 모델이 있습니다.

20%의 소수가 80%의 매출을 발생시킨다는 파레토의 법칙과는 반대 개념인 롱테일 이론(무명의 다수 80%의 존재가 중요하다는 이론)인데 이는 일시적인 판매나 영향에서는 미비하지만 그 존재 가치에 대해서는 오래 가는 상황들을 이야기할 수 있어요. 롱테일이라는 것이 영어 뜻 그대로 가늘고 긴 꼬리 같다는 의미에서 나온 이론으로, 특히 온라인 영역에서 고정비용 이외에 추가적인 비용 측면에서 점점 탄력적 수용이 가능하게 되어 이 시대에 새로운 경제 패러다임이 등장했는데, 바로 '프리', 우리말로 풀자면 '공짜'라는 것입니다.

네 가지 공짜 수익 모델

직접 교차보조금 모델
물건을 구입할 때, 추가적으로 제품을 제공하는 케이스
1+1, 2+1 등등

3자간 시장 모델
TV, 라디오, IT 업계 등 소비자에게 무료로 제공하기 위한 광고주가 비용을 지불하는 시스템
네이버, 카카오

프리미엄 모델
무료서비스로 광범위한 고객을 모은 뒤 그 일부에게 유료서비스로 수익을 내는 시스템
웹 서비스, 모바일 게임

비 금전적 모델
공짜 상품의 동기는 돈뿐 아니라 주목(트래픽), 평판(링크) 등의 돈 이외의 보상으로
성립되기도 한다.
SNS, 위키피디아나

트리스 앤더슨은 모든 비즈니스의 미래는 공짜경제에 그 중요성이 있다고 언급하였으며, 프리코노믹스Freeconomics(공짜경제학)의 시장은 계속 성장을 이어갈 것이라고 확신하였습니다.

네 가지 공짜 수익 모델은 여러분이 이미 체험하고 계신 모델일 겁니다. 첫 번째 직접 교차보조금 모델은 마트에서 많이 경험하실 거예요. 사은품 및 1+1 이벤트로 상품을 무료로 증정하는 방식입니다. 두 번째 모델 3자 간 시장 모델은 광고주의 비용을 토대로 일반 소비자가 무료로 이용할 수 있는 방식인데 이미 네이버나 카카오 등 다양한 IT기업들이 이 모델에 해당되겠죠?

세 번째 프리미엄freemium 모델은 TV나 온라인에서 광고로 많이 접하는 게임들이 이 사항에 대표적 예가 될 듯해요. 프리미엄은 '무료 free'와 '유료 premium'의 의미를 합친 조어로 최근 IT 기술의 발달로 그 활용도에 있어서 다양해졌으며 다양한 전략이 있는데 대표적으로 모바일 게임을 들 수 있습니다. 무료로 게임을 할 수 있지만 많은 사용자를 토대로 고급 유료 서비스(아이템, 영웅, 부수적 자원 등)의 판매를 통해 수익을 내는 모델인데 필자도 최근에 이 모바일 게임의 희생양이 되기도 했어요.

저 포함, 많은 분이 좀비를 잡는 게임인 줄 알고 설치했는데, 결국 전략 전술을 통한 서버 및 국가 대항전 방식으로 진행되고 이러한 방식에서 견제와 발전을 토대로 경쟁이 치러지다 보니 비용적 측면에서 많은 비용을 지불하는 유저가 나오게 되고, 모든 모바일 게임에서 마찬가지겠지만 이 핵과금 유저라는 존재들이 있기에 그 유저들을 중심으로 세가 규합되고, 길드와 연합이 돈을 얼마나 쓸 수 있는지에 대한 경제력 대항 방식으로 변모되고 있기도 해요. 다 그렇다고 볼 순 없지만 많은 유저가 게임 업체의 흥미를 유발한 광고를 통해 게임의 장르를 명확하게 이해하지 못하고 시작하는 경우가 많고, 이를 이해하는 시기가 오면 이미 시작한 게임이라 쉽게 포기하지 못하고 또한 승부욕으로 인간의 말초 신경이 자극되어 계속 경쟁에서 이기기 위한 수단으로 비용을 지불하게 되는 순환적 구조가 이어져 오고 있습니다. 업체 입장에서 프리미엄 모델은 유료서비스에 따로 비용이 추가 발생하는 방식이 아니기에 이용자 중 10%만 유료서비스에 참여해도 수익이 나는 구조입니다. 디지털 제품의 복제 비용이 저렴한 덕분에 가능한 모델이라 할 수 있겠습니다.

네 번째는 우리가 최근에 인스타그램이나 틱톡, 페이스북 등 다양한 SNS 활동을 하는데 이는 많은 팬을 확보하여 많은 계정으로부터 주목을 받고 평판을 얻기 위함이 있지요. 이러한 관계성 서비스를 지원해주는 모델이 비금전적 모델입니다.

우리는 공짜에 약합니다. 한 입 드셔보시고 가라는 판매대 직원의 유혹에 이끌려 맛을 보곤 어느새 그 제품을 한 봉지 들고 있는 우리를 종종 확인할 수 있습니다. 1,000원의 일반 아메리카노와 3,000원의 고급 아메리카노를 판매하면 사람들은 적정 가격이라 판단되는 믿을 수 있는 품질의 3,000원 고급 아메리카노를 선택하게 됩니다. 하지만 같은 두 가지의 제품을 할인하여 고급 아메리카노는 1,000원 일반 아메리카노는 무료로 하면 고급 아메리카노가 상대적으로 더 많은 금액을 할인하게 되지만 사람들은 무료 아메리카노로 몰리게 될 것입니다. 합리적으로 생각하면 사람들이 고급 아메리카노의 할인에 대한 더 높은 만족을 느껴야 하지만 공짜로 주는 것에 더 큰 만족을 느낀다는 실험 결과가 있습니다. 이것은 일종의 프레이밍 요법이라 할 수 있어요.

당신이 심각한 심장병에 걸려 의사가 어려운 수술을 권한다고 생각해 보기로 해요. 우리는 당연히 수술을 통해서 우리가 살아남을 수 있는 생존확률에 대해서 궁금하겠죠? 의사는 말합니다. '이 수술을 받은 사람 100명 가운데 90명이 5년 후에도 건강하게 살고 있습니다.' 이렇게 말해준다면 우리는 안심하고 수술을 부탁하겠죠? 같은 수치이지만 의사가 반대 개념으로 '이 수술을 받은 사람 100명 가운데 10명이 5년 이내에 죽었습니다.' 이런 내용을 전달받으면 우리는 분명히 그 수술을 망설일 것입니다. 이 의사가 실력이 떨어진다는 생각을 가지고 말이지요. 프레이밍을 이용해 소비자를 현혹하는 것은 <쉬는 시간 1> '마케팅의 무서운 상대성 이론'에서도 한 번 다뤘었죠? 소비자의 목표에 오류를 주어 혼동을 주는 방식은 이미 많이 이용되고 있다는 점 잊지 마세요.

기업들은 많은 사용자들을 심리에 기반하여 무료로 확보한 이후 아주 큰 영향력을 행사하고 있지요. 우리가 너무나 잘 아는 구글, 페이스북, 인스타그램, 네이버, 틱톡, 다음 카카오입니다. 많은 사용자를 확보하면 2가지 측면에서 안정적인 수익이 발생합니다. 바로 일정 비율의 고객들이 지불하는 유료서비스와 광고 수입을 통한 수익입니다. 이 두 가지 말고도 장점이 있는데, 먼저 사용자들의 데이터 기반 자료를 모을 수 있다는 것이지요.

카카오 택시와 대리운전 서비스가 통합된 카카오T 서비스는 택시, 주차, 대리운전, 해외여행, 바이크, 기차, 항공 등 모든 교통망을 모바일로 케어하는 서비스를 하고 있습니다. 이런 서비스를 통해 고객의 활동 범위 및 소비 패턴을 분석할 수 있게 되는데, 이런 빅데이터 구축 이후 이들이 필요로 할 수 있는 새로운 콘텐츠에 대한 준비를 할 수 있고, 기업이 차후 준비하는 신규 사업에 기존 고객을 신속히 유입시킬 수 있는 장점이 크기 때문에 최근 많은 기업이 이러한 무료 서비스를 준비하여 제공하는 것입니다.

또한 구글에서 기업과 개인을 대상으로 한 무료 지도 서비스도 기업 측면에서는 B2BBusiness to Business 전략이고, 소비자를 대상으로 한 B2Cbusiness to consumer에서 고객들을 자신들의 영역 안에 모을 수 있게 되는 것이고 앵커링 효과(닻을 내린 배가 많이 움직이지 못하는 것처럼 최초에 제시된 기준 주위에 머무르는 효과)에 의해 구글 주변에서 계속 머무르며, 다양한 구글의 서비스를 체험하게 되는 것이지요.

보유 효과를 노린 체험 마케팅

"일단 1주일 무료로 이용해보세요."

"첫 한 달은 무료로 이용할 수 있습니다."

정말 많이 접하는 문구들이죠? 홈쇼핑을 시청하다 보면 특히 안마의자나 직접 체험해야 효능을 알 수 있는 제품들이 많이 선보이는 방법입니다. 사실 최근에는 홈쇼핑뿐만 아닌 많은 기업에서 이와 같은 고객들의 체험 마케팅을 통한 소비자와의 교류를 이어가고 있습니다.

많은 기업이 체험 마케팅을 하는 이유는 바로 소비자의 보유 효과를 높이기 위함입니다. 고객의 입장에서는 큰 부담 없이 제품을 소유하게 되는 것인데, 소비자의 심리상 고가의 제품구매를 고민하는 소비자는 가격에 대해 굉장한 스트레스를 받게 됩니다. 이는 구입하고 나서도 일정 기간 유지되지요. 그래서 기업에서는 이러한 스트레스 사항을 잠재울 수 있는, 일정 기간 무료 사용 마

안마의자 1주일 무료체험
반품시
무료회수 해드립니다.

오디오북
첫 한 달
무료로 이용하세요.

넷플릭스
고화질 영화와 드라마
첫 달 무료로 감상하세요.

케팅을 이용하게 하는 것입니다. 또한, 모든 제품, 특히 저는 개인적으로 안마의자의 초반 버라이어티한 효과는 잊을 수 없습니다. 받다 보면 효과가 반감되는데, 이는 경험에 의해서 몸이 익숙해지기 때문이지요. 하지만 초반에는 나의 온몸에 뭉쳐있던 근육을 찾아내서 알아서 케어해주는 듯한 느낌을 받습니다.

기업과 약속한 기간 동안 제품을 이용하게 되면 제품이 익숙해져 그것을 자신의 일부로 느끼게 되고, 다시 제품을 돌려주는 것에 대한 내 것을 다시 남에게 주는 감정인 손실감을 경험하게 됩니다. 또한 제품을 빌려준 기업에 미안한 감정까지 오묘하게 겹쳐지니 확률적으로는 많은 소비자가 그대로 소유를 원하여 제품 구매가 이루어집니다. 초반에 소비자가 느끼는 심리적 저항감을 없애기 위한 방법으로 이용되는 이러한 방식은 환불 보장 제도와 체험단 활동 방식의 형태로 나뉘게 됩니다. 이는 심리학을 기반한 행동경제학에서 언급한 공짜도 가격이라는 것입니다. 댄 애리얼리 교수는 그의 저서〈부의 감각〉에서 이렇게 언급하고 있습니다.

공짜도 가격임을 명심하라. 공짜는 사람들이 주의력을 불균형적으로 사로잡는 가격이다. 속담도 있지 않은가. "세상에 공짜 도움말 같은 건 없다." 그는 이 내용을 담고 있는 챕터 한 페이지도 출판사에 비용을 발생시킨다는 것을 주장하였는데, 반대로 우리는 마케팅 측면에서 생각해야겠지요?

'공짜는 우리에게 기회다.'

소문을 이용한다

친구의 도움을 얻어 확률을 높인다.

저는 중학교, 고등학교 시절 남녀공학 학교에 다녔습니다. 그래서 친구로 지내는 여자 사람 친구들이 많은 편이지요. 중학교, 고등학교 간의 레벨 차이가 있지만, 제가 느꼈던 이성 친구의 첫 물꼬를 트는 시기인 중학교 시절이(우리 시절엔) 특히 많이 기억이 나고, 그 시대적 감성 물품과 언어들이 아직도 저의 머릿속에 가득 남아있습니다. 우선, 제가 느꼈던 초등학교 때 경험하지 못한 문화는 여자아이들은 서로 간에 편지를 굉장히 많이 주고받는 것이었습니다. 편지 혹은 노트를 사서 서로 간의 하루에 있었던 일기와 '너에게 전하는 나의 마음' 등 흔한 러브 레터의 느낌으로 서로 주고받는 모습을 보고 충격을 받았는데, 남녀공학의 영향인지 저도

나중에 학교 안에 이성 친구와 함께 노트를 주고받았던 기억이 나네요.

저의 중학교 시절은 친구들과의 이동통신이 바로 '삐삐'라는 호출 기기였는데, 제가 중학교 1학년 겨울방학 때 어머니와 함께 부산으로 여행 가기 전에 어머니가 사주셨던 LG전자의 '조약돌'이라는 기기로 아직도 모델명을 기억하고 있습니다. 처음 기기를 들고 여행을 가는데 사람들에게 자랑을 많이 하고 싶었던지 허리에 삐삐를 차고 부산으로 여행 가던 그날이 아직도 기억에 선명하네요. 삐삐는 그 당시 친구들과 소통할 수 있는 굉장히 신개념 문화였습니다. 이성 친구가 남겨준 음성 메시지는 어떤 내용이 있을지, 생일 때 친구들이 보내준 음성 메시지를 확인하고자 공중전화 박스를 자기 것인 양 붙들고 있던 청춘들. 1990년대 말까지 공중전화 박스가 인기 있었던 이유에는 바로 삐삐라는 호출기기의 인기가 주요했지요. 1010235(열렬히 사모), 979712(당신이 싫어요) 등 글자가 아닌 번호에 내용을 담아서 호출하는 기능도 상당히 재미있었지요. 삐삐를 처음 사용하던 시기에 1010235의 뜻을 '나는 너를 친구로 좋아해.'라고 생각하고 친한 여자 사람 친구에게 보내기도 했던, 아찔했던 추억도 떠오르는데, 사람에 대한 마음을 보낼 수 있는 창구가 집 전화와 삐삐로 압축되던 시절이고, 연예인을 좋아하는 마음을 선물과 팬 레터로 많이 표현하던 시기이지요.

다시 학교로 돌아와서, 남녀공학이다 보니 아무래도 굉장히 학교 안에 커플이 많았습니다. 서로 누구랑 사귄다는 것을 자랑하는 목적으로도 이용하고, 남들이 사귀니까 나도 이성 친구가 있어야 한다는 동질의식까지 더해져 그야말로 사랑이 넘치는 학교였습니다. 점심시간이면 서로 각자의 이성 친구에게 전하고 싶은 마음을 방송반에 사연 신청을 하는 대중가요 신청곡 코너는 정말 인기 폭발이었지요. 저도 딱 한 번 안재욱의 Forever를 신청했던 기억이 납니다. 지금 생각해 보니 참으로 창피하고 아찔한 기억이지만, 그 당시 이성친구의 이름도 잊어버렸을 정도로 시간이 많이 지난 지금 이 책을 쓰려고 아직까지 기억 속에 남아있나 싶기도 하네요.

남녀공학의 특성은 각자 자신의 매력을 어필하기 위해서 외모에 신경을 많이 쓴다는 것입니다. 제가 보는 남녀공학의 장점은 딱 3~4월까지는 가는 듯합니다. 바로 초반에 잘 보이고 싶어 하는 초두효과의 영향이 그 이유입니다. 자신이 좀 더 공부를 잘하는 이미지가 되고 싶고, 우등생처럼 보이고 싶은 효과가 딱 1학기 중간고사까지는 가지만 그 이후부터 서로를 알고 이미 본질적인 공부를 안 하는 습성을 파악하면, 더 막장 드라마가 연출되었지요. 사실 지금도 같은 감성이지 않을까 하는 저의 조심스러운 생각입니다.

자 이제 본론으로 가지요. 중학교 시절, 좋아하는 상대방이 생기면 무작정 접근하기 어렵습니다. 삐삐 번호를 바로 얻기 어렵다는 것이지요. 처음에는 이름과 어디 사는지, 졸업앨범 말고는 상대방에 대한 정보를 얻기 어렵습니다. 명찰을 통해 이름 정도만 확인할 수 있지요. 같은 반이면 다행이지만 다른 반인 경우 특히 여러 장애물이 생깁니다. 일단 대화조차 나누기 어려워요. 이럴 때 바로 인맥 싸움이 시작됩니다. 친구의 친구인 경우, 더한 경우 등 여러 과정을 거쳐 상대방에게 호감이 있다는 메시지를 전달해야 하지요. 이 친구의 역할이 거기서 끝나느냐? 절대 아니지요. 매개체의 역할을 더욱 높일 수 있는 전략은 너무나 많습니다. 셋이서 같이 보는 방식, 친구를 통해 칭찬을 상대방에게 자연스럽게 전달하기, 친구를 통해서 러브레터를 전달하는 방법 등 정말 다양한 방법이 있는데 이는 지금의 사회생활에서도 마찬가지지요?

심리학에서는 이런 주변인들의 도움을 통한 정보가 신뢰성을 높여 더 큰 영향을 준다는 윈저 효과Windsor effect 이론이 있습니다. 판매를 목적으로 하는 직원의 말보다는 친구들이나 직장동료, 가족의 말을 믿는 것도 이 심리의 적용을 받기 때문인데요. 그래서 연애에서는 이 가교의 역할을 하는 인물이 꼭 생깁니다. 인연이 시작되거나, 헤어질 위기에서 그 순간을 극복하게 도와주는 인물들이 꼭 있지요. 물론 반대의 경우로 그 주변인을 통해 인연을 시작하지도 못하거나, 참지 않고 헤어지는 결정적 역할을 하기도 하지만, man to man의 접근보다는 주변인을 통해 알게 되는 정보가 더욱 신뢰성이 있고 영향력이 커지는 심리를 우리는 활용할 줄 알아야 합니다.

도와줄 사람이 많다면 명확하게 지목하자

연애나 일상에서 도와줄 사람이 많다고 우리는 방심하거나 그 상황을 우습게 맞이하면 안 됩니다. 주변에 사람이 많으면 많을수록 책임이 분산되어 오히려 위험에 처한 사람을 덜 돕게 되는 현상으로 방관자 효과Bystander effect를 들 수 있습니다.

이 효과를 알리게 된 굉장히 유명한 사건이 있는데요. 제가 좋아하는 TV 프로그램 '서프라이즈'에도 나왔던 일화인데 1964년 3월 13일, 일을 마치고 귀가하던 여성 제노비스Kitty Genovese가 화가인 뉴욕 퀸즈 지역에서 괴한에게 칼에 찔려 살해당하는 사건이 발생한 것입니다. 이 사건이 알려지게 된 계기는 그 사건이 뉴욕타임스를 통해 보도되었는데 기사 제목이 "살인을 목격한 38명은 아무도 경찰에 신고하지 않았다. Thirty-Eight Who Saw

Murder Didn't Call the Police."의 자극적인 기사 제목이 원인이었습니다. 제노비스가 도움을 요청하면서 비명을 지른 35분이라는 시간 동안 목격자들은 어떠한 제스처도 없이 이 사건을 지켜보기만 했다는 것인데, 누군가는 도와주겠지라는 마음으로 누구 하나 먼저 도움을 주려고 하지 않았다는 사실에서 '방관자 효과'라는 말이 나온 것이고, 이 사건으로 유명해진 심리적 방어기제입니다.

하지만 사실 이 보도에는 굉장히 왜곡된 사실이 있었습니다. 제노비스의 친동생이 누나의 사망에 대해 의문을 갖고 무려 10년간 조사하여 보도의 오류를 확인하였는데, 사실 제노비스의 사망 당시 목격자는 6명에 불과하였으며, 목격자에 의한 사건 신고가 되지 않았다는 거짓도 확인하였습니다. 실제 목격자들은 많은 사람들의 비난에 두려움과 미안한 감정을 느껴 소신 있는 발언을 하지 못함으로써, 이 사건의 전말을 밝혀내는 데 오랜 시간이 걸리게 된 것입니다.

제노비스를 살해한 윈스턴 모즐리는 종신형을 선고받고 교도소에 복역하면서 사회학 박사학위를 받은 그가 뉴욕타임스에 편지를 보내, 안타까운 사건이지만 자신의 범죄 덕분에 주변 사람이 위험에 처했을 때 도와줘야 한다는 사회적 교훈을 주었다는 내용을 보냈다고 합니다.

우리는 동화에서도 이러한 교훈을 얻을 수 있어요. 〈성냥팔이 소녀〉에서는 가엾은 성냥팔이 소녀가 악조건 속에서 따스한 외투 하나 없이 눈이 많이 내리는 길거리에 나와서 성냥을 팔았지요. 추위와 함께 더욱 잔혹했던 건 소녀가 느끼는 배고픔의 처절한 아픔이었을 거예요. 어릴 적에 읽었던 이 동화에 많은 감정 이입이 되어 울었던 기억이 납니다. 하늘나라에서 할머니가 내려와 따뜻하게 안아주고 같이 하늘로 올라가는 모습을 보면서 얼마나 울었던지 아직도 그때의 기억이 눈에 선합니다.

여기서 성냥팔이 소녀가 배고픔과 추위를 느끼던 배경은 많은 사람들이 다니던 거리였다는 것입니다. 또한 맨발로 성냥팔이를 하는 그 모습을 보고 수많은 사람이 그냥 지나쳤습니다. 결국 소녀가 죽어서야 길거리에 사람들이 모여 안타깝게 바라보는 것으로 동화는 끝이 났는데요. 방관자 효과의 원인은 바로 서로에게 책임을 미루게 되는 현상이 발생하여, 결국엔 도움의 골든타임을 놓친다는 것이지요. 책임 전가 혹은 책임 분산diffusion of responsibility으로 인해서 주변 사람들과 함께 살아가는 공동체 의식이 결여된 사람들에게만 나타나는 현상이 아닌 일반적인 사람들에게 보편적으로 나타난다는 것에 그 특징이 있습니다.

결국 연애에서 주변 사람들에게 두루뭉술하게 의견을 피력하거나 내가 좋아하는 사람과 좋은 인연이 되고 싶다는 것을 알아주길 바라고 있어서는 안 됩니다. 부탁하세요. 잘되면 주변인이 좋아하는 특정 선물을 드리겠다는 명확한 공약도 잊지 마시고요. 사랑은 타이밍이라는 거 잊지 맙시다.

좋은 사람 있으면 소개해 줘(인플루언서)

'인플루언서'는 '타인에게 영향을 주는 사람'이라는 뜻입니다. 이들과 함께 협업하는 마케팅을 인플루언서 마케팅이라고 합니다. 각 분야의 전문가인 그들은 많은 팔로워를 확보하고 있습니다. 그들이 움직이고 행하는 것들은 그의 주변 사람들에게 굉장한 영향력을 선사하지요.

인플루언서라는 용어는 최근에 생긴 것이지만 그들은 꽤 오랜 시간 우리와 함께해오고 있었습니다. 최근에 개인적인 역량을 콘텐츠로 담아 사람들에게 전달하는 기술이 좋아지고, 더욱 간편해졌기에 이들의 영향력은 점차 커지고 있는 상황입니다. 인플루언서를 이용한다는 것은 마케팅의 측면에서는 입소문 효과의 영향력을 이용하는 것이고, 기업이 소비자에게 전달하는 측면에서 광고의 기피성으로 벗어날 수 있는 확률을 친근함과 후광효과를 사용하여 인플루언서들의 제품과 서비스를 이용하는 동작 하나

하나에 의미를 부여하고, 따라 하고자 하는 마음이 생기게 합니다. 대게 이런 방식에서 유명인이 했던 행위들에 대해서 인증샷을 남기고, 해시태그를 통해 각 커뮤니티에 인증을 받기도 하는 등 서로의 행동 영역에 대해서 굉장히 조직적인 형태를 보이기도 합니다.

기존의 셀러브리티들이 대중적 인기를 바탕으로 다양한 활동을 통해 대중의 문화와 유행을 만들었다면 지금의 인플루언서의 특징은 기존 셀러브리티들의 기준으로 여겨졌던 뛰어난 외모나, 탁월한 퍼포먼스가 아니어도 소비자들에게 상당한 영향력을 행사하고 있다는 것입니다. 우리 대중 속에 함께 살아가는 그들은

평범한 일상을 살아가며 자신의 분야에서 탁월한 개성을 선보이며 많은 활동을 하고 있다는 것 또한 특징입니다.

인플루언서들의 영향력이 막강해진 또 다른 이유는 바로 정보의 전달에 있어 소비자들과 친화적인 어법과 자연스러운 대화의 방식으로 스토리가 흘러가기에 사람들 입장에서는 좀 더 자연스러운 일상의 시간을 보내는 듯한 착각을 경험하게 되기 때문입니다. 아무래도 기업의 틀에서 전하는 상투적인 표현보다는 직설적인 화법으로, 기업에서 할 수 없는 보다 조절되지 않은, 혹은 일부러 의도한 수위를 보여주며, 사람들에게 더욱 진한 매력을 선사하기에 소비자의 입장에서는 정보를 공유하면서 재미까지 주는 고마운 존재들이지요.

방침의 틀, 조직의 성격에 흡수되고 개성을 표현하는데 제한적인 학교 선생님들보다 자신의 개성을 강력하게 표현하며 다양한 채널을 동원하는 입시 전문 선생님들이 인기 있는 이유와 유사하다고 할 수 있습니다. 학교에서는 교육만을 담당하는 곳이 아닌 올바른 자아를 바탕으로 사회의 초년생이 되기 위한 인격 수양까지 겸해야 하는 곳이지만, 입시학원은 그게 아니지요. 오직 점수를 높여주는 특화된 기술을 가지고 있는 전문가들이 모인 그곳에 많은 학생과 학부모들이 앞다투어 들어가고자 하는 이유가 있을 것입니다. 기업에서 배너광고, 텍스트 광고, 타겟팅 광고, 이메일 광고, 지역, 행동 타겟팅 등 다양한 노출 전략보다 인플루언서들을 통한 입소문 광고에 집중하는 것은 그만큼 효과가 확실하기 때문입니다.

인플루언서 마케팅이 주목받는 이유

1. 카테고리별 전문분야가 세분화되어 있습니다.

2. 인플루언서와 소비자 간의 상호작용이 즉각적으로 이루어집니다.

3. 비용 대비 효과가 확실하고, 결과가 바로 나타납니다.

4. 소비자의 입장에서 기업들이 전하는 전통적 커뮤니케이션보다 거부반응이 적습니다.

네이버, 인스타그램, 유튜브 등 다양한 채널에서 활동하는 그들은 각 채널의 구성에 맞게 특화된 매력을 선보이고 있습니다. 콘텐츠의 소재가 무궁무진하고, 과하게 기교적인 기업에서 주는 메시지, 즉 가공된 콘텐츠보다, 날 것 그대로의 콘텐츠의 가능성을 더 높이 사는 소비자들로 인하여 그들의 성장세는 지속세를 이어갈 것입니다. 그들을 추종하는 많은 팬이 형성되어 있으며, 그들을 통해 소비의 트렌드를 이해하려는 층들이 점차 확대되고 있는 추세입니다. 또한 단순히 젊은 세대들의 특징이 아니라 점차 그 연령의 영역이 확대되고 있는 모습도 보입니다.

지금의 이러한 문화에서도 주의가 필요하다는 진단이 감지되는데, 일명 유튜버 협찬 논란이 그 이상 신호의 하나입니다. 협찬받은 제품을 대중에게 '내돈내산'(내 돈으로 구입한 제품과 서비스)의 형태로 소개한 게시물들이 알고 보니 협찬이었다는 사건들이 연속적으로 터졌었습니다. 자성의 시간 없이 바로 복귀하는 이들을 질타하며 일종의 그들을 부정하는 반대급부가 생겼습니다. 과거 블로거들의 협찬 문제로 인한 블로거들의 신뢰가 하락하였다는 점에 비추어 볼 때 그들은 그들을 표현하는 방식이 더욱 솔직하고 과감하기에 블로그 때와는 다른 양상일 거라 예측하는 분들도 계시지만, 중간에서 소개하는 입장이 아닌, 제품과 서비스를 공급하는 기업의 입장에서 이러한 관계를 계속 진행한다면 분명 그들은 신뢰를 잃게 될 것입니다.

인플루언서들이 전한 제품과 서비스에 대한 시그널이 내가 느꼈을 때 다르다는 것을 인지하고, 또한 그러한 커뮤니티가 모여 대중의 입장이 되었을 때 결국 엄청난 신뢰도의 타격은 기업과 인플루언서 양측이 똑같이 피해를 보게 됩니다. 그렇기 때문에 상호 간의 관계에 대한 정확한 표명과 함께 건전한 방식의 구매를 호도하는 방식이 아닌 매의 눈으로 정확하게 진단하고 추천할 수 있는 상호 발전적 관계 형성이 중요하다는 것을 유의해야 합니다.

쉬는 시간 2

사랑의 삼각형 이론

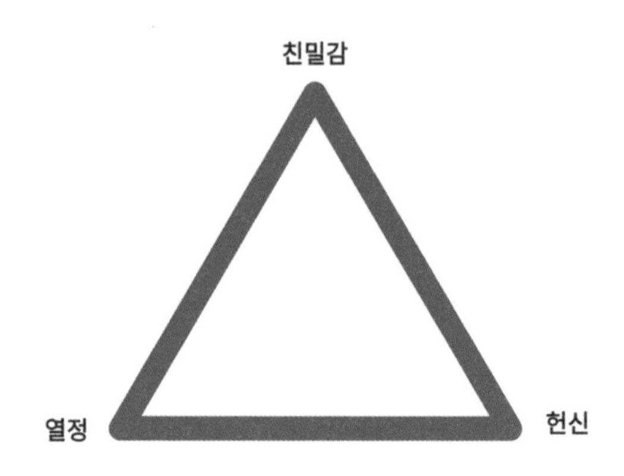

사랑의 3요소는 친밀감intimacy, 열정passion, 헌신committment입니다. 미국의 심리학자 로버트 스턴버그Robert Sternberg가 이 3가지 요소의 균형으로 사랑의 트라이앵글 이론을 제시하였습니다. 삼각형의 세 꼭짓점을 친밀감, 열정, 헌신으로 구분하여 가장 이상적인 사랑은 정삼각형으로 규정하고 삼각형의 면적이 넓을수록, 3요소가 균형을 이룰수록 사랑의 크기가 크다는 것을 의미합니다. 지금 사랑하는 사람이 있다면 그 상대방을 떠올리면서 친밀감, 열정, 헌신에 대한 당신의 상대방을 향한 각 요소를 체크해 보세요.

사랑의 형태에 따른 사랑의 삼각형 모양이 다른데 이론에 따르면 일반적으로 친밀도는 커플의 서로에 대한 믿음이나 신뢰, 유대감을 나타내며, 열정은 육체적 욕망을 나타내고, 헌신은 나를 희생하여 상대방과 더욱 오랜 시간 함께 동반자로서 관계를 지속하려는 의지를 말합니다.

타입별 사랑

우애적 사랑 companionate love

친밀감이 높고 헌신이 강한 중년 부부, 노년 부부의 사랑을 뜻합니다. 오랜 시간 함께 하였기에 서로에 대한 육체적 욕망은 줄어들었지만, 인생의 동반자로서 서로를 잘 알고 이해하는 관계이며, 두 사람 이외에 가족 구성원에 대한 관계를 고려해 가정을 유지하기 위한 노력을 하는 관계를 말합니다.

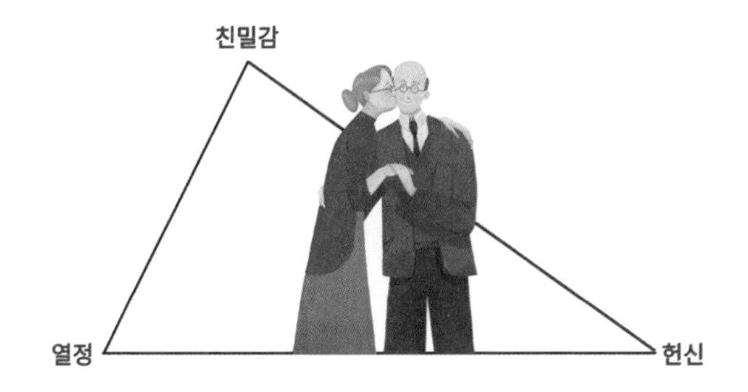

낭만적 사랑 romantic love

친밀감이 높고 열정이 굉장히 강한 사랑입니다. 서로를 갈망하는 관계이고, 육체적 스킨십을 통해 서로에 대한 사랑을 더욱 확인하는 관계라 할 수 있고, 다만 나를 희생하여 상대방과 함께하겠다는 헌신에 대해서는 의지가 부족할 수도 있습니다. 낭만적 사랑 관계에서 헌신의 의지가 높아질 경우 그 커플은 결혼으로 이어질 가능성이 높다고 합니다.

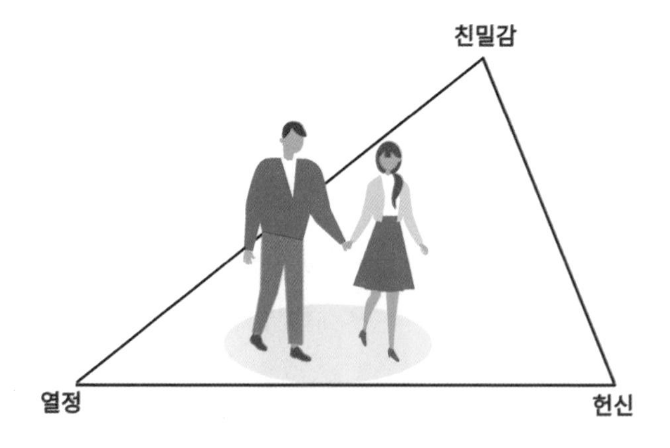

피그말리온 효과

-당신의 관심으로 그와 그녀는 멋진 사람이 된다

회사 안에 굉장히 내성적인 여자 직원 윤 주임이 있습니다. 일명 모태솔로인 그녀는 사랑에 관심이 없습니다. 오직 자신이 좋아하는 독서와 좋은 카페를 찾아가 분위기 있게 커피 한잔하는 것이 그녀의 힐링이지요. 사내에서도 참으로 조용한 그녀. 일 처리는 확실하지만 자기표현이 없고, 부끄럼이 많아 일반적 사회생활에서는 외톨이 신세입니다.

입사 동기인 김 과장과 정 과장은 그런 그녀의 내성적인 성격을 개선시키고자, 특별한 실험을 하게 되는데요. 바로 칭찬하기와 계속된 관심을 표출하는 것입니다. 두 남자의 배려와 관심에 그 여성 직원은 처음에는 굉장히 당혹스럽습니다. 좋은 카페를 추천하는 김 과장과, 차분한 분위기의 독서 모임을 추천해 주는 정 과장까지, 갑자기 자신에게 쏠리는 관심과 배려에 기분이 묘합니다.

VERY
GOOD

잘했어
헤헤

같이 독서 모임에 함께 나가기도 하고, 카페 성지 투어를 해주는 그들, 예쁘다는 칭찬과 더불어 계속되는 관심과 배려에 처음에는 많이 당황하던 윤 주임은 시간이 지날수록 점차 상황을 즐기기 시작했고, 어느새 옷차림이나 헤어스타일, 말투와 행동까지 모든 것이 자신감 있고 매력적인 모습으로 변신하고 있었습니다.

중요한 것은 김 과장과 정 과장 이외에 사무실의 많은 남자 직원들이 윤 주임에게 호감을 표시하고 있었다는 것입니다. 또한 윤 주임의 자신감을 주기 위해 이번 프로젝트를 함께 했던 김 과장과 정 과장도 그녀에게 진심으로 매력을 느끼게 되었고, 다른 사람들과 그녀의 마음을 얻기 위해서 서로 경쟁하기 시작했습니다. 자신감 회복 프로그램이 사랑의 전쟁으로 변모한 순간입니다. 윤 주임의 숨겨져 있던 진짜 매력을 이끌어낸 것이지요. 이와 같은

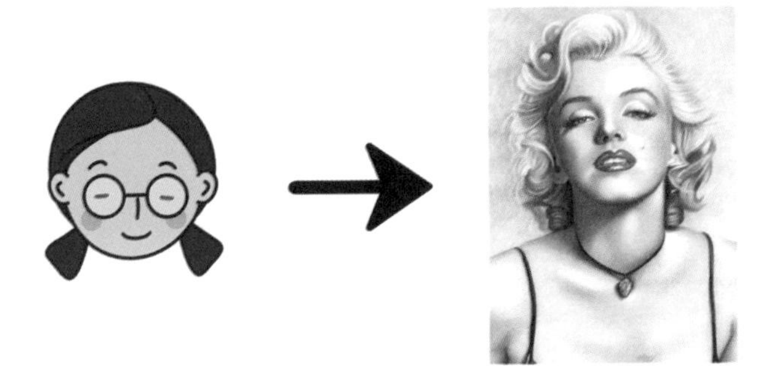

칭찬의 힘을 우리는 현실 세계에서도 많이 경험합니다.

피그말리온 효과

그리스 신화에 나오는 왕이자 조각가인 피그말리온은 평생 독신으로 살았습니다. 그는 아름다운 여인상 갈라테이아를 조각하고, 갈라테이아를 진심으로 사랑하게 되어 사랑하는 연인처럼, 그리고 아내처럼 극진히 대하였고 아프로디테 여신에게 갈라테이아 같은 아내를 맞이하고 싶다는 기도를 하였습니다. 아프로디테 여신은 그의 기도에 감동하여 갈라테이아 조각상에 생명을 불어넣어 주었는데, 피그말리온 효과는 간절히 원하고 기대하면 원하는 바를 이룰 수 있다는 것을 보여주는 그리스 신화에서 유래하였습니다.

자신 또는 타인의 기대로 인해 실제 결과가 기대하고 바라는 결과로 바뀌는 현상이며, 이는 리더십의 일환으로 피그말리온 리더십으로 조직을 이끄는 리더가 조직 구성원에게 각각의 구성원들이 목표하는 바를 넘어서 예측 이상의 목표를 설정하고 할 수 있다는 비전을 주입하여, 조직 자체의 최대 효과 및 그 이상의 결과를 만들어 낼 때도 사용하는 이론입니다.

1968년 하버드대학의 로젠탈Robert Rosenthal은 미국의 초등학교 학생들을 대상으로 한 실험에서 우선 전체 학생을 대상으로 지능검사를 실시했고, 결과와 상관없이 무작위로 20%의 학생을 뽑아, 지능이 우수한 학생이라고 설명하고 그 내용을 담임교사에게 전달하였습니다. 그 20%에 포함된 학생들은 그 사실을 인지하였고 담임교사와 부모님들의 격려와 기대에 부응하기 위해 노력하였으며, 그 이후 그 학생들은 대다수가 다음 시험에서 이전 시험보다 월등히 높은 수준의 성적을 받았습니다.

연애로 방향을 다시 전환해서 1993년 사회 심리학자 스나이더Snyder가 연구한 실험이 있는데, 내용은 '낯선 사람과 서로 알아가는 과정을 관찰하기 위한 실험'이었습니다. 방법은 이러합니다. 참가자들은 남녀로 나뉘어 다른 방에 들어갔고, 남자 그룹과 여성 그룹은 곧 전화 통화로 대화를 나눌 예정이었습니다. 남자는 다시 A 그룹과 B 그룹으로 나누었으며 A 그룹과 B 그룹의 차이는 여성 그룹과 통화하게 될 두 그룹의 남성들에게 여성 사진을 보여줬는데 이 사진들은 실제 통화를 하게 된 여성 그룹의 사진은 아니었고, A 그룹은 '예쁜 여자'의 사진을 보여주고 B 그룹에는 '예쁘지 않은 여자' 사진을 보여줬습니다. 여성 그룹에는 따로 사진을 보여주지는 않았습니다. 즉 여성 참가자들은 특별한 정보 없이 남자들과 통화를 나눈 상황이었습니다. 여성 참가자들을 대상으로 통화를 나눈 남성 참가자들의 목소리로 느껴진 친근함, 섹시함, 사교성, 다정함, 명랑함과 같은 특징들을 평가하였는데, 그 결과 '예쁜 여자'의 사진을 본 A 그룹과 통화한 여성 참가자들이 B 그룹과 통화한 여성 참가자보다 더욱 친근하고 솔직하며, 애교 있는 반응을 보였다고 해요. 이는 남자가 여자를 매력적이라고 생각하고 그 여성을 대할 때 실제로 여성도 그것에 반응하여 더 매력적이고 자신감 있는 행동을 한다는 것입니다.

마케팅의 피그말리온 고객 지향적 마케팅

설마 마케팅에서 피그말리온 효과가 없는 것을 만들어 과장 광고하라는 뜻일까요? 아니겠지요? 우선 제품과 서비스를 제공하는 입장에서는 고객에게 제공하는 수단의 피그말리온 효과가 아닌 고객 자체의 그 소중함에 피그말리온 효과를 대입해야 합니다. 리츠칼튼 호텔의 캐치프레이즈 '우리는 신사 숙녀를 모시는 신사 숙녀다.'라는 내용처럼 고객을 케어하는 우리의 위치에 대해 새롭게 정립하고 고객을 케어할 때 그 직원과 기업의 존재감이 더욱 빛날 것입니다.

기업의 존재 이유는 무엇일까요? 미국 마케팅계의 일인자 중한 명인 시어도어 레빗Theodore Levitt은 고객 만족은 우리가 경험한 제품과 서비스가 고객의 기대에 부응한 상태를 의미하고, 고객의 기대가 충족되는 그 범위에 따라 고객 만족의 크기가 결정된다고 말했습니다. 즉 "소비자가 드릴을 사는 이유는 드릴이 아니라 구멍을 원하기 때문이다."라고 말했어요. 고객 가치를 쉽게 이해할 수 있게 잘 설명하고 있네요.

기업은 고객의 가치를 파악하고, 그 이상의 가치를 정립하고 그렇게 고객을 케어할 때, 고객의 입장에서도 이 기업이 '나를 존대하고 있고, 관심 있어 하는구나.'라는 마음을 가지게 되고, 더욱 그 기업의 충성도가 높아진다는 것입니다.

'기대 이상'이어야 한다

기업은 고객의 만족을 위해 존재하는 집단이라고 할 수 있는데 만족과 불만족 판단에 대한 공식은 '기대 불일치 이론'을 통해 증명할 수 있습니다. 만족과 불만족의 판단 기준은 고객이 가지게 되는 기대에 따라 그 결과가 달라지기도 하는데 쉽게 설명하자면,

고객 만족 = 고객이 실제 느낀 가치- 사전 기대 가치

입니다. 즉 고객 만족이라는 것이 고객이 사전에 미리 가지고 있던 기대 가치를 넘어서면 고객 만족이 된다는 것이지요.

"기대를 너무 많이 해서 그런지 이번 영화 재미없었어."

"그냥 아무 생각 없이 봤는데 그 영화 의외로 재미있었어. 너도 봐."

여러분들도 이 문장 흔히 쓰지 않나요? 기대라는 것이 우리에게 주는 시그널은 굉장히 강력합니다. 우리의 최종적인 기억이라는 것에 강력한 유의적인 영향력이 있습니다. 가령 식당에 가면 식당 앞에서 혹은 테이블에 앉아서 느껴지는 냄새를 맡고 이 집의 음식 맛에 대해 예측을 합니다. 일반 식당에서 먹는 그런 수준을 예상했던 음식이 예상외로 너무 맛있었다면 '긍정적인 예측 오류Positive prediction error'의 상황인 것인데, 예측을 벗어나고 틀렸지만 기대 이상의 결과였기에 우리는 기분이 좋아집니다. 도파민이 작동하는데, 이전에 언급했듯 도파민은 예상치 못한 기분 좋은 일에 굉장히 강한 파동을 일으킵니다.

이러한 이론을 근거로 마케팅에서 초반에 모든 것을 예측 가능한 범주로 보여주는 것보다는 단계별 스토리텔링 전략을 구축하는 것이 좋습니다. 이런 긍정적 신호를 주기 위해서는 고객이 갖게 될 기대치를 적절하게 조절해 주는 것이 중요한데, 최근에 이러한 전략을 굉장히 잘 쓰는 업체가 '배달의민족'입니다. 우리가 앱을 통해 먹고 싶은 업체에 음식을 주문하면, 그 업체에서 주문을 확인하고 라이더와의 상호 교류를 통해 주문한 고객에게 도착 예상시간을 알려주는데 굉장히 여유 있는 도착 예상 시간을 고객에게 언급하고, 예상 시간보다 빨리 라이더가 도착하는 방식을 보여주고, 앱에도 예상시간보다 빨리 도착했다는 내용을 전달합니다.

전통적으로 전 세계적으로 항공사에서 이러한 전략을 많이 쓰고 있습니다. 제주 공항에 저녁 7시에 도착 예정인 항공기는 기장의 안내방송과 함께 저녁 6시 40분에 도착 예정이며, 승객 여러분의 편안한 저녁 식사를 위해 안전 기준 허용 범위에서 일찍 도착 예정이라고 합니다. 이러면 기내에 있는 모든 승객들은 기쁨을 느낄 것입니다.

반대로 심리적 불쾌감을 느끼는 경우도 있는데 대표적으로 제가 경험한 것 중 쿠팡의 로켓배송이 있습니다. 최근에는 그런 사례가 많이 사라지긴 했지만, 로켓배송의 장점은 주문한 바로 다음날 내가 주문한 물건을 받을 수 있다는 것입니다. 또한 상품 배송 정보에 다음 날 도착 '보장'이라는 표현을 쓰고 있습니다. 보장의 사전적 의미 또한 "어떤 일이 어려움 없이 이루어지도록 조건을 마련하여 보증하거나 보호하다."입니다. 쿠팡을 이용하면서

로켓배송을 이용하는 건 바로 다음 날 이 제품을 확인하고 싶기 때문입니다. 그러한 것에 업체가 보장이라는 표현을 넣었듯이 고객과 회사 간의 약속이 깨졌을 경우 신뢰감에 문제가 생기게 됩니다.

그래서 저는 몇 번의 로켓배송 실패 후에 고객센터에 전화를 했는데, 부서 직원의 표현으로는 약속의 실패에 대해서는 사과드리지만, 따로 그것을 보상하는 방안은 없다고 했습니다. 지금은 일정 금액을 캐시백 해주는 것으로 알고 있는데, 아무튼 고객과의 약속, 그리고 강조하는 단어로 고객은 그 약속에 더욱 큰 신뢰감을 가지게 됩니다. 그러한 큰 기대에 부응하지 못했을 때 느끼는 기분은 따로 설명하지 않아도 공감되시지요? 근데 쿠팡이 참 대단한 것은 이른 아침부터 고객을 응대해 주었다는 것입니다. 아무 생각 없이 전화한 시간이 이른 아침이었는데, 사실 쿠팡은 365일 고객 케어를 하고 있습니다. 그런 점은 정말 높게 사고 싶어요.

제일 무서운
엄마 친구 아들·딸

다 인정하는 주제 아닌가요? 어머니들은 원래 자녀의 주제로 수다를 나누시는 걸 좋아하십니다. 이 주장에 대한 논증은 따로 필요가 없을 듯해요. 정말 너무나 확실한 주제니까요. 어느 순간 사람들에게 제일 무서운 말이 '엄마 친구 아들·딸'이 되었습니다. '철수는 매달 얼마씩 용돈을 준다더라.', '영희는 좋은 남자 만나서 예쁘게 잘 산다고 하더라. 넌 언제 시집갈래?' 등, 이 무서운 진짜 뉴스인지 가짜 뉴스인지 모를 내용은 몇 단계를 거쳐 우리에게 전해집니다. 이 시대의 엄마 친구 아들·딸은 왜 이렇게 다들 잘난 건가요? 공부도 잘하고, 성격도 좋고, 외모도 잘 가꾸고, 효자효녀고, 직업도 좋고, 돈도 잘 벌고 거기다 현명하기까지 한 듯합니다. 인생에 주어진 기회를 놓치지 않고, 잘 잡는 그들입니다.

이 시대의 어머니들이 그러한 이슈를 자식에게 전하는 이유는 단 하나겠지요? “넌 뭐하고 있니?” 확인되지 않은 사실을 바탕으로 자식을 닦달하게 됩니다. 뭐 마음이야 자식이 잘 되길 바라는 마음을 가지고 하는 말씀이지만, 우리에겐 스트레스요, 원수 같은 존재입니다. 엄마 친구 아들·딸은 말이지요.

베를린 자유대학교 타루피Taruffi 교수 연구팀은 음악을 통한 행복-불행 측정 실험에서 사람은 대부분 타인의 불행에 강한 안도감을 느낀다는 연구를 발표하였는데, 이는 동물들의 기나긴 진화 과정에서 ‘동료를 이겨야만 내 유전자를 남기리라.’라는 자기 본능을 뒤에 두고 있습니다. 그런데 남의 불행이 아닌 남의 성공

신화에 우리는 어떤 감정을 느낄까요? 좌절과 자괴감이 앞서게 될 것입니다.

엄마 친구 아들·딸로 인해서 빨리 결혼을 해야 할 거 같은 이 상황을 사회적 개념으로는 동조 이론으로 볼 수 있습니다. 사회적 규범과 법의 근거에 행해야 하는 것이 아닌 주변의 압력과 상황적 위기를 모면하고픈 당사자의 노력까지 포함되는 것이지요.

마케팅의 동조 현상 (네가 하면 나도 한다.)

엄마 친구 아들·딸 현상은 우리 사회에서 구성원들의 최소한의 동질적인 형태로 살아가길 바라는 마음에 나 자신과 그 주변인들의 탄식과 스트레스를 주는 것이 그 요인이지요. 사실 엄마 친구 아들·딸을 독립변수(원인)로 두기에서 통계학 개념으로 유의한 모델이 아닙니다. 모형의 적합도 측면에서 나의 미래의 삶이라는 종속변수(결과)에 대한 독립 변수의 신뢰도가 너무 떨어지는 것이 문제입니다. 결정계수 값 R^2 R-Square를 산정할 수 없는 것이지요.

그런데 다 떠나서 엄마가 이야기한 내용이 사실이라고 칩시다. 우리는 이 사회적 현상에 대해서 지인이 하고 있으니 나도 어느 범주에서는 그 그룹 안에 포함되어야 한다는 것을 동조conformity

현상이라고 하는데, 조직에서의 압력, 권위에 대한 복종, 책임감의 분산, 군중심리와 같은 다양한 이유로 발생할 수 있습니다.

특히 제가 보는 우리 대한민국의 사회적 문화가 더욱 이러한 현상을 부추기는데 바로, 타인 의식적 문화 즉 과시 소비 성향, 타인 의식적 소비 및 행동 등 남들에 보이는 나의 모습이 중요한 민족적 특성을 바탕으로 이러한 동조 현상은 사회적 문제점으로 인식되기도 하고, 이러한 것을 이용한 마케팅도 이루어지고 있습니다.

밴드웨건 효과 Band wagon effect

대중적으로 알려지고, 유행하는 정보에 따라 상품을 구입하는 동조 현상에 기인한 소비 형태, 남을 의식하여 구매 의사가 생기는 현상이며, 자기 주도적 소비가 아닌 타인과의 관계에서 소외되지 않으려는 심리에서 비롯된 이론

밴드웨건 효과는 경제학 개념과 그리고 마케팅 측면에서도 이미 우리의 인식 깊숙이 자리 잡고 있습니다. 이 현상은 사실 사회에서 소외, 고립, 뒤처짐에 대한 불안감을 바탕으로 형성된 이론이고, 특히 우리나라에서 이러한 측면이 두드러지게 나타나는데 대화 속에 같이 동참하고 공감하기 위해서 남들이 이미 본 영화는 나도 봐야 하고, 에어프라이기의 그 새로운 세상에 대해서 의견을 내려면 나도 일단 써봐야 한다는 것입니다.

마케팅 업계에서 이 심리를 이용한 마케팅은 다양한 영역에서 발생하는데 홈쇼핑에서 쇼 호스트가 "이제 5분 남았습니다. 오늘이 마지막 기회이고, 5분 후에 다른 곳에서 이 제품을 구입하시는 분들은 땅을 치고 후회할 것입니다.", "방송 사상 유례없는 빅 세일!" 등 그 표현들은 너무나 다양합니다. 다른 소비자들은 이미 구입하고 있기에 지금 이걸 시청하는 당신은 이 기회를 잡아야 한다는 논리인 거죠.

POINT

대한민국에서 마케팅을 하려면 타인 의식적 소비를 하는 문화에 맞는 소비자의 심리를 잘 파악해야 한다.

단, 거짓이 전제가 아닌 사실 기반의 스토리가 중요하다. 또한 그 분야의 문화를 이끌어 가는 존재들을 파악해야 한다.

(ex- 제품 체험단 설문 조사를 바탕으로 한 결과에서 압도적 제품 추천 의향, 인플루언서 마케팅 및 문화의 유행을 리드하는 존재들을 부각시킨 협업 마케팅 등)

남들 따라 줄을 서는 편승 효과 마케팅

필자가 기억하고 경험한 것 중에 무료 마케팅과 편승 효과의 마케팅을 한 번에 일으킨 것이 바로 초등학교 때 경험했던 오리온 포카칩의 마케팅 전략이었습니다. 방식은 이러했습니다. 그 당시 어린이 신문을 거의 모든 학생이 신청해서 받았었는데 어느 날 어린이 신문 광고 지면에 포카칩 광고가 있었고, 그 광고 지면을 오려서 동네 슈퍼에 가지고 가면 포카칩 한 봉지를 교환해 준다는 것이었습니다. 반에 있던 친구들과 저까지 모두 문화적 충격을 경험한 표정들이었습니다. '이게 뭐라고 오려서 가져가면 과자를 그냥 준다니...' 하굣길이 가히 전쟁터였습니다.

먼저 슈퍼에 가서 교환하려는 아이들이 반마다 넘쳐났습니다. 더 큰 문제는 우리들만의 리그가 아니라는 것이었지요. 학교별 모든 아이들이 길거리에 뛰쳐나온 상황이라 슈퍼마다 아이들이 가득했습니다. 지금처럼 마케팅에 대한 예측과 준비가 완벽하지 않았을 때라 슈퍼마다 소진된 포카칩으로 인해 아이들이 온 동네를 들쑤시며 심리적 공황 상태가 되었습니다. 또한, 친구들이 들고 다니는 광고 지면을 구하기 위해 여기저기 움직이는 친구들도 있었습니다. 친구들이 다들 구하는데 가만히 있을 수 없다는 논리였지요.

저 또한 꽤 많은 곳을 다녔는데 구하지 못했습니다. 슈퍼마다 줄 서 있는 낯선 광경을 목격하고, 과장 한 봉지 들고 나오면서 환하게 웃는 아이들의 모습까지, 그 당시 이러한 것을 마케팅이라 생각하지 못하고, 착한 회사 오리온이라는 이미지가 각인되었던 거 같아요. 저는 포카칩을 받았냐고요? 실패했습니다. 며칠 지나서 씩씩거리며 용돈으로 사 먹고 말았는데, 그래도 이미 무료의 느낌이 강하게 들었던 이유는 포카칩 구하기에 성공한 친구들과 함께 나눠 먹다 보니 이미 한 봉지 이상은 그날 먹었더라고요. 그 때의 포카칩의 이미지가 얼마나 강했는지 지금도 그 당시 포카칩 포장지까지 기억납니다.

편승효과 마케팅

대형마트 이벤트 코너에서 사람들이 몰려 한참 자신의 취향에 맞는, 혹은 일단 내 몸에 맞는 사이즈부터 확보하고, 물건을 담아내느라 정신이 없습니다. 이 광풍의 현장 뒤에 지나가던 사람들도 '여기에 뭐가 있는 거지?' 호기심을 느끼고 전투에 참여합니다. 무엇을 파는지도 모르고 말입니다. 하나라도 고르기 위해 분주한 사람들, 일단 물건을 담는 사람까지 다양한 사람들이 뒤엉켜 있습니다.

편승효과란 자신의 의지와는 별개로 남들에 의해서, 혹은 분위기의 흐름에 따라 소비를 일으키는 현상입니다. 편승효과 마케팅을 이용하려면 우선 사람들의 심리적인 작용에 경쟁을 가미시키면 그 효과에 대해서 극대화된 과정과 결과는 만들 수 있습니다.

놀이공원에 놀러 갔을 때 사람들이 줄을 서서 기다리고 있는 모습을 보면 호기심에 자신도 이 놀이기구를 경험하고 싶다는 생각을 가지게 됩니다. 맛을 보지 않은 식당이라도 사람들이 줄을 서서 기다리는 것을 보면 우리는 경험적 사실이 아닌, 맛집이니까 사람들이 줄을 섰을 거라는 일반화된 생각을 가지게 됩니다. 그래서 마케터 입장에서는 이러한 사람들의 심리를 이용해 편승효과를 통한 마케팅을 만들 수 있습니다.

• 유명 연예인이나 평이 좋고 자세한 내용을 담고 있는 리뷰를 각 홍보 채널에 게재한다.

• 상품의 경우 2개 이상 구매 시 할인율을 대폭 적용하여, 2개 이상 사는 것이 합리적인 소비라는 것을 인식시킨다. 이는 지인에게 자연스럽게 사용범위를 확장할 수 있는 좋은 방법이다.

• 한정 판매, 한정 서비스를 통해 고객 간의 경쟁을 유도하는 방식을 채택한다.

• 개념 있는 브랜드가 된다. 사회적 이슈에 숨지 않고 당당하게 맞서고, 발언하

면, 다양한 소비층에서 개념 있는 브랜드를 먼저 경험하기 위해서 찾아올 것이다.

• 코즈 마케팅Cause Marketing을 도입하라. 코즈 마케팅은 제품의 구매와 서비스 이용 시 사회 공헌으로 연결된다는 것을 고객에게 알리고, 자사의 제품과 서비스 이용 시 사회 공헌에 동참한다는 인식을 심어줌으로써 소비를 통해 더불어 사는 사회의 일원으로서 뜻깊은 일을 하였다는 것을 알리는 방법이다. 이때 코즈 마케팅을 하는 기업은 정확히 어떤 계획과 어떤 운용을 하고 있는지 고객에게 정확하게 알려야 한다. 고객 입장에서는 좋은 사람들과 함께한다는 인식을 주어 그 의지를 제품 구매로 표현할 것이다.

쉬는 시간 3

두껍아 두껍아 헌 집 줄게 새집 다오

마케팅에서는 혁신과 고객을 배려하고 고객에게 다양한 가치를 경험시켜주는 것이 중요한데, 광고를 통해서 시대적 유행을 반영하여 엄청난 인기를 끌기도 하는데, 필자가 경험한 독특하고 강렬했던 광고를 소개하고자 합니다.

1990년대 말 최신 컴퓨터 가격은 기본 200만 원을 호가하여 상당히 비싼 가격이었습니다. 그 당시의 200만 원은 2021년 물가지수 기준 약 400만 원 정도이니 정말 엄청난 가격이었습니다. 그 이유는 모든 집약적 최첨단 기술을 망라한 기기가 바로 컴퓨터였기 때문입니다. 지금과는 다르게 스마트폰이 없었던 그 당시는 컴퓨터가 최신 기술의 상징이었습니다. 반면 무어의 법칙(2년 주기로 하드웨어의 성능이 2배로 증가한다는 이론)에 의해 하드웨어 발전 속도는 매우 빨라서 비싼 돈을 주고 최신형 컴퓨터를 구입해도 금방 낙후된 모델로 전락해 버렸습니다.

그 당시 삼보 컴퓨터는 삼성 컴퓨터와 함께 국내 최대의 컴퓨터 기업이었습니다. 하지만 IMF의 어두운 환경이 밀려온 대한민국은 모든 기업이 벼랑 끝 생존의 갈림길에 있었지요. 삼보컴퓨터 드림시스61 체인지업이라는 모델은 당시 최고의 CF 모델 박찬호를 등판시켜 무려 8억 원이라는 파격적인 광고료로 그를 섭외하였고, 구입 후 2년 후에 CPU와 메인보드를 최고 사양으로 그리고 무상으로 업그레이드해 준다는 파격적인 조건을 내걸었습니다. 당시에는 최신 CPU와 메인보드 가격만 해도 100만 원이 넘는 상황이었다. 이것을 2년 후에 무상으로 업그레이드해 준다는 것은 지금 봐도 매우 엄청난 혜택입니다. 2년 후 무상 업그레이드라는 희대의 전략으로 벼랑 끝에 몰린 삼보컴퓨터를 구원한 최고의 히트 모델이었습니다.

이 마케팅 정책이 높게 평가받는 것이 광고모델에 의존한 성공이 아닌 광고카피, 서비스 이행 조건, 그리고 실제 2년 후 약속을 안정적으로 진행한 점, 그리고 무엇보다 그 당시 사람들이 경험하지 못한 2년 후 새롭게 업그레이드해 준다는 서비스의 내용이었습니다. 사실 이 당시 박찬호 선수는 체인지업을 그리 완벽하게 구사하는 투수는 아니었지요. 서클 체인지업을 주로 투구했는데, 박찬호 선수는 삼보컴퓨터 모델 당시는 빠른 속구와 각도 큰 커브로 많은 삼진을 잡는 파워 피처였습니다. 박찬호 선수의 전매특허 변화구는 아니었지만, 그의 상징성이 크게 주효했고, 또한 광고 영상 말미에 그가 던진 "2년 후에는 더 강해집니다."라는 메시지는 2년 후 업그레이드를 해주어 삼보컴퓨터가 강해진다는 것과 박찬호 자신이 2년 후에 선수로서 더 강해질 것이라는 공통적 메시지를 형성하여, 더욱 뜨거운 팬심을 통해서 사랑받았던 브랜드였습니다.

모든 마케팅에는 미시환경과 거시환경으로 나눌 수 있습니다. 미시환경적으로 마케팅의 우선 성공은 브랜드의 가치 전달 시스템을 통해 고객과 좋은 관계

마케팅 환경

거시

미시

를 구축함으로써 이루어지는데 삼보 컴퓨터의 경우 미시환경적 대처가 굉장히 뛰어난 결과라고 할 수 있습니다.

하지만 잘나가던 노키아 같은 기업이 혁신을 무시하여 망해가는 경우를 보게 되었는데 바로 이런 경우가 거시적 환경에 실패하였을 경우 일어나는 현상이고, 삼보컴퓨터의 경우도 이러한 상황으로 여러 위기를 겪었습니다. 마케터의 경우 브랜드의 거시적 환경에 대한 주요 요인을 파악하고, 이에 적응할 수 있도록 기업을 이끌어야 합니다.

마케팅과 연애의 ABCD 법칙

마케터와 연애를 시작하는 사람들에게 요구되는 가장 기본적이자 본질적인 가치가 있습니다. 마케팅과 연애는 책에서 배우지 않습니다. 바로 가슴으로 하는 것이지요. 뜨거운 가슴으로 상대방에게 다가갈 때, 상대방이 다가오는 자의 진정성을 느끼게 되면 일단 연인으로 혹은 고객으로 허락하는 것이 아닌, 우선 기회를 준다고 하는 것이 맞을 것입니다. 기회조차 쉽지 않은 이 시대에 고객과 상대방이 나를 바라봐 준다는 것만으로도 우리는 좋은 리듬을 탈 수 있지요.

기회를 얻었다고 칩시다. 시간은 무한정 우리를 기다려줄까요? 절대 그렇지 않습니다. 우리 두뇌는 부정 편향적으로 발달해 있어서 시간이 지체되는 경우 안 좋았던 사례를 생각하며 급하게 부정적인 인식으로 넘어갑니다. 만약 당신이 상사에게 피드백을 받았을 때 어떤 키워드가 더 먼저 떠오르나요? 아마 부정적인 경험이 생생하게 기억날 것입니다. 이런 부정적 편향이 아니고서도 고객과 대면하는 업무의 경우 '고객 대면 행동 분석'이라는 독자적인 수법을 확립한 '쇼핑의 과학Why We Buy: The Science of Shopping 저자 파코 언더힐Paco Underhill은 고객의 경우 90초가 넘어가면 시간 감각은 왜곡되며, 짜증이 나기 시작한다고 해요. 인생은 타이밍이라는 사실!

고 관여 소비 품목이 아니고서, 대게 고객은 선택의 순간을 스트레스로 여깁니다. 우리가 대형마트에 가서 식용유, 잼, 라면 등 상품에서 선택 군이 많아질 때 심리적으로 스트레스를 받게 된다는 것이지요. 심리학자 베리 슈워츠가 말한 선택의 패러독스(옵션이 많을수록 행복하리라고 생각하지만 아닌 경우가 더 많다는 이론)가 작용합니다. 과도한 선택의 부담은 옵션을 비교하는 것이 너무 부담스러워서 아예 포기할 수 있다는 말이기도 합니다.

그러면 우리는 어떤 방식으로 고객의 선택을 받을 수 있는 전략을 취해야 할까요?

(1) 진정성 Authenticity

연애와 마케팅에서 사실 필자가 가장 강조하고 싶은 키워드입니다. 진정성이 결여되면, 사회에서도 살아남기 힘든 외톨이형 인간이 됩니다. 마케팅 측면에서 오랜 세월 맛집으로 유명한 식당들이, 광고를 잘해서 오랜 세월 맛집으로 알려지고, 많은 손님들이 찾는 것이 아니지요. 광고를 통해 그 시기적, 유행을 얻어 성공할 순 있겠지만 거시적 환경에서 그런 곳은 오랜 세월 살아남기 힘듭니다. 오랜 시간 고객과의 신뢰를 바탕으로 정직하게 눈속임하지 않는, 장인 정신이야말로 마케팅에 있어 고객의 가치를 가장 우선시하는 본질적인 요소라 하겠습니다.

이런 진정성을 보이기 위해서 여러 가지의 마음가짐이 중요하겠지만 우선 고객의 목소리의 경청할 줄 알아야 합니다.

상대방과 마음이 맞으려면

대화에 있어서 듣는 자세가 중요하다는 것은 많은 리더십과 처세 관련 책에서도 흔히 읽을 수 있는 내용입니다. 그런데 정말 잘 듣기만 해서 상대방과 고객의 마음을 얻을 수 있을까요? 아마 누구나 그런 경험이 있으실 겁니다. '마음이 맞다'라는 것에 공감할 수 있는 상대와 그런 순간이 있는데 프린스턴대학교 유리 해슨Uri Hasson교수는 의학 영상 장비를 통해 그 이론을 증명했습니다. 대화의 정밀한 계산

을 해보면 A라는 사람에게서 B라는 사람에게 의사 전달이 이루어질 경우 A가 던진 메시지를 듣고 B가 이해하는 데 평균 3초가 걸린다는 사실을 알아냈다고 합니다. 그런데 특정 뇌 부위에서 오히려 반대로 듣는 쪽이 더 빨리 활동을 시작하였는데, 바로 예측에 관여하는 뇌 후두부 측두엽 상부 피질이 그 역할을 한다고 합니다. B가 이런 예측된 키워드를 통해 대화를 리드할 경우 말을 던진 A는 더욱 상대방에 대한 호감과 배려에 감사하고, 그 상대방과의 함께 하는 시간이 즐겁게 여겨진다는 연구 결과가 나왔습니다. 이는 연애와 마케팅에서 의미하는 바가 큽니다. 결국 경청하고, 진심으로 이해하고 공감하려는 의지가 있을 때 그 후속적인 제스처가 상대방에게 더욱 공감과 감동을 준다는 것이지요.

'브랜드에 온기가 있어야 한다.' 여러분 공감되시나요? 브랜드 개성brand personality 연구의 대가인 제니퍼 아커 교수는 자신이 언급했던 브랜드 개성의 다섯 가지 차원인 성실성, 역동성, 역량, 세련됨, 강인함을 압축한 결과 유능함과 따뜻함으로 압축되며, 이 두 가지 요인은 사람들에게 존경받고 사랑받는 브랜드가 되기 위한 필수 조건이라고 말하였습니다. 고객이 진정성을 느끼기 위해서는 우선 그 브랜드에 대한 경험이 필요합니다. 경험을 바탕으로 한 그 브랜드의 밀착이 이뤄질 경우 그것은 그 어떤 마케팅보다 좋은 효과를 보여준다는 사실은 이미 많은 매스컴을 통해 여러분도 경험하셨을 겁니다.

미담이 마케팅보다 힘을 발휘하는 이유는 '경험에서 오는 강력한 생명력'이 있기 때문입니다. 시각화에 집중하고 허공을 배회하는 마케팅 문구는 생명력이 약하고 거부반응이 있습니다. 경험을 통해 진정성이 입증된 마케팅이 진정 힘을 발휘할

수 있습니다. '갓뚜기'로 불리는 오뚜기가 지금 이날의 성공을 인정받는 건 오랜 시간 소비자를 향한 올바른 신호인 정량, 검증된 식재료, 가격의 합리성, 여러 사회적 미담을 통한 사회적 가치를 통해 고객과의 진정성 있는 소통을 원칙으로 하는 기업 내면의 가치를 인정받았기 때문입니다.

(2) 지속적인 어필 Consistency

연애에서 부정할 수 없는 중요한 이론 하나는 '한 번에 전력을 다하기보다는 작게 나누어 여러 번 감동을 주는 것이 더욱 효과가 있다는 원리'입니다. 성실한 A 씨는 이성인 B 씨에게 자주 연락하고 안부를 묻고, 항상 먼저 차분하게 인사를 합니다. 이는 '가치의 효용이론utility theory of value'로, 심리학 측면에서 너무 큰 자극을 받으면 이후 감각은 그 첫 감각에 익숙해져 첫 자극보다 약할 경우 무뎌진다는 논리입니다. 즉 일정한 수준의 꾸준한 신호가 중요하다는 것이지요. 연애에서 한 달에 한 번 전화해서 몇 시간 통화하는 상대방보다는 매일 10분에서 30분 정도 꾸준하게 안부를 전해주는 상대방이 더 매력적입니다. 호의는 세분화하여 지속화할 때 상대방이 체감하는 만족이 높습니다.

현실에서 사람들은 의외로 현재의 상태를 유지하려는 경향을 보입니다. 연애의 관점에서도 연애를 하고 싶은데, 가장 큰 걸림돌은 그 과정이 귀찮다는 것이지요. 현재처럼 유지하려는 경향을 현상 유지 편향status quo bias이라 합니다. 지금보다 경제적 측면과 만족에 대해서 이득이 있다고 예측하여도 우리는 그것을 과소평가하는 경향이 있습니다. 다시 말해서 새로운 노력이 가져오는 불이익과 불편, 그리고 예상 밖에 상황을 고려하여 '지금까지의 방식으로도 편한데?'라는 생각을 가지게 됩니다. 자신이 경험해 온 상황에서 다른 것을 넘어서지 않고 싶다는 이유로 선택에 대한 불안과 스트레스를 받아들이고 싶지 않은 손실 회피적 심리가 발동되기 때문입니다.

또한 사람들은 자신이 가지고 있는 것에 대해 높게 평가하고 싶어 하는 심리가 작동되는데 이것을 보유 효과endowment effect라고 합니다. 같은 제품이라도 자신이 소유하고 있는 것에 대해 후하게 인식하고 평가하는 것을 말하는데 이 같은 심리적 장치들이 새로운 것을 받아들이는 것에 대한 거부 반응이 생기는 이유입니다.

심리학에서는 사람이 사람에게 하는 행위의 모든 것을 스트로크stroke라고 합니다. 사람의 가치와 존재를 인정하고 존중하는 말과 행동으로 이야기할 수 있으며 긍정적, 부정적, 조건적, 무조건적의 4가지로 나눌 수 있는데, 연애에서 우리는 안정감을 주는 상대방을 좋아하고, 사랑을 느낍니다. 이런 사람은 당신에게 '무조건적인 긍정 스트로크를 말할 수 있는 사람'입니다. 나를 향한 지속적이고 긍정적인 신호를 통해 나는 상대방에게 호감으로서 반응하게 되지요.

그러면, 이기는 전략만으로 승리를 확신할 수 있을까요? 손자병법에서 손자는 성공하는 방법을 아는 것도 중요하지만 장기적 관점에서 지는 패턴도 머릿속에 주입해야 한다고 했습니다. 즉 이기는 작전만 생각하지 말고, 패배하는 패턴을 알아내어 승리하는 방법을 한 단계 더 깨닫게 된다는 의미입니다. 또한 손자병법 7편 '군쟁편'에서는 앞서서 이긴다는 속도 승부를 원칙으로 하지만, 그렇다고 무리해서 무작정 앞지르면 위험하다고 하였지요. 즉 속전을 잘하면 좋은 승리의 조건을 가지게 되지만, 잘못하면 위험을 초래한다는 뜻입니다.

브랜드 입장에서는 장기적으로 발전하려면 거시적 환경 개념으로 멀리 바라봐야 합니다. 사람들에 회자되는 아이템이 있다고 지금 당장 그 매장을 열기 위한 준비에 들어가는 것이 맞는 답일까요? 좀 더 멀리 그리고 길게 바라봐야 합니다. 눈앞에 보이는 이익에만 집중하여 미래 전략을 미루게 된다면 곤란합니다. 브랜드의 명운을 걸 좋은 전략은 단기간에 바로 그 효과를 보여주기 어렵습니다. 근시안적인 마케팅 작전은 브랜드의 수명을 단축

시키는 주요 요인이기에 마케터 입장에서는 멀리 내다볼 수 있는 시야를 가지는 것은 중요한 문제입니다. 생각해 봅시다. 최근 몇 년 동안 여러분이 경험한 SNS 채널에서 경험했던 과대광고 브랜드 중에 지금도, 생명력을 유지하는 곳이 있나요? 깊게 생각해 봐야 하는 가치라 할 수 있습니다.

또한, 마케팅에서 기업들은 수익 규모를 지키기 위해 가격 정책 면에서 줄기차게 할인정책을 강행해왔는데, 자의든 타의든 모든 가격 책정에 소비자는 할인받을 수 있는 방법을 연구하고, 정보를 취합합니다. 쿠폰 발급이 심리적 매출 증진에 도움이 될 순 있어도, 매출 증가를 시켜준다는 명확한 결과는 없습니다. 그럼에도 불구하고 브랜드의 판매 유지를 위해서 쿠폰 발행과 할인행사를 지속적으로 하고 있습니다. 이 2가지의 프로모션이 없을 경우, 이미 할인을 경험한 고객은 외면할 확률이 커져 판매량이 감소하게 됩니다. 이는 판매량을 증진시키기 위함이 아닌, 쿠폰과 할인의 프로모션을 중단할 때 떨어지는 판매량을 벌충하기 위해 이와 같은 정책을 시행하는 것이고, 그렇게 하지 않으면 심리적으로 불안함과 초조함까지 느끼게 됩니다. 그러므로 일관적이며, 지속적인 정책이 브랜드의 안정 정책에는 훨씬 도움이 됩니다. 과식이 단기간에는 정신적인 충족감과 행복을 주지만, 장기적으로는 비만과 각종 성인병에 노출되게 된다는 점을 잊지 맙시다.

(3) 꾸미고 발전하자, 언더독 브랜드 underdog

연애에도 시대적 가치를 반영하여 인기 있는 캐릭터들이 있습니다. 외모적 가치도 변화가 있겠지만 특히 마초남, 터프가이, 순정남, 애교녀, 청순녀 등 다양한 캐릭터들의 매력에 빠집니다. 지속적인 것도 중요하지만, 상대방이 좋아하는 성향에 맞게 자신을 치장하는 것도 이 시대의 바람둥이들이 정말 잘하는 과목입니다. 상대방의 취향에 맞춰 자신의 인상을 바꾸는 것을 인상 조작impression manipulation이라고 해요. 흔히 사람들이 '가식'이라고 표현하지요.

심리학자 플리너Patrica Pliner의 연구에서 여성들은 여성과 밥을 먹을 때와 매력적인 남자와 식사를 할 경우 매력적인 남자와 식사할 때 먹는 양이 줄어든다는 너무나 당연한 결과를 밝혀냈는데, 여러 가지 이유가 있겠지만, 매력적인 남자에게 잘 보이고 싶다는 자신의 내면적인 표현일 것입니다. 즉 '인기 있는 사람은 이럴 것이다.'라는 고정관념이 형성되어 행동에 영향을 미친 것이지요.

매력적으로 보이고 싶은 욕망은 인류의 역사와 함께 하고 있는데 브랜드에서 소비자들에게 어필하는 다양한 매력이 있겠지만 끊임없는 노력을 통해 발전하는 브랜드의 역사적 흐름을 보여주는 것은 굉장히 중요한 문제입니다. 정체가 아닌 앞으로 나아간다는 브랜드의 생동감은 큰 매력이니까요.

월드컵이나 올림픽을 상상해 보세요. 첫 출전한 나라와 이미 강자로 알려진 국가의 대항전 때 우리는 약하다고 느낀 국가의 선수가 엄청난 활약을 하거나, 약한 팀이 리드하거나 이길 경우 굉장한 센세이션을 일으키게 됩니다. 이는 언더독underdog 현상이라고 할 수 있어요. 단어의 뜻 그대로 '밑에 깔린 개'입니다. 모두에게 질 것으로 예상되는 사람에게 보통 언더독이라고 언급하지요. 언더독 현상은 스포츠뿐만 아닌 사회 전반적인 부분, 정치, 경제, 문화, 조직 등 다양한 분야에서 발생하는 현상입니다. 발현되는 특색을 정확하게 언급하기는 어렵지만, 우리나라 프로 원년 구단인 삼미 슈퍼 스타즈가 좋은 예라 할 수 있습니다. 패배에 익숙한 그들이 승부에 집중하여 정신력과 투혼으로 승리를 가져갔을 때 많은 사람들이 그 승리에 박수를 보냈습니다. 정치에서도 지지율이 약해 매번 패배에 익숙했던 후보가 새로운 비전을 제시하고, 일순간에 큰 흥행을 일으키는 모습을 우리는 많이 봐왔습니다. 약자라 인식되고 더욱 발전해나가는 모습을 보인다면 사람들은 그 모습에 더욱 큰 감동을 받습니다.

"We are number two. So we try harder."

Little fish have to keep moving all of the time. The big ones never stop picking on them.

Avis knows all about the problems of little fish.

We're only No.2 in rent a cars. We'd be swallowed up if we didn't try harder.

There's no rest for us.

We're always emptying ashtrays. Making sure gas tanks are full before we rent our cars. Seeing that the batteries are full of life. Checking our windshield wipers.

And the cars we rent out can't be anything less than lively new super-torque Fords.

And since we're not the big fish, you won't feel like a sardine when you come to our counter.

We're not jammed with customers.

지금도 많은 마케팅 관련 이론에 언급되고 있는 위 광고는 그 당시 미국 2위 렌터카 업체 에이비스Avis가 1962년에 선보였던 역사적인 마케팅입니다. 지금도 경영학 원론, 마케팅 관련 이론, 마케팅 실무에서 많이 회자되고 있는 내용입니다. 자신의 브랜드가 2등이라 소개하며 시장에서 살아남기 위해 더욱 열심히 헤엄치겠다는 다짐을 하는 것이지요. 그들은 '우리는 겨우 2등입니다.'의 광고로 1위인 허츠를 이기고 싶고, 또한 그러하기에 오늘도 그들보다 더욱 열심히 일한다는 것을 주제로 고객에게 어필하였습니다. 과장된 표현이 아닌, 미리 인정하고 발전하는 모습을 지켜봐 달라는, 그 당시로 보면 굉장히 신선한 마케팅이었습니다.

과장된 최고주의가 아닌 솔직한 표현으로 고객에게 다가가고자 하는 브랜드를 UBBUnderdog Brand Biography라 하는데, 우리나라에서도 라면 1위 업체인 농심을 이기기 위한 전략으로 오뚜기에서 이 전략을 사용하였고, '이렇게 맛있는데, 언젠간 1등 하지 않겠습니까?'라는 광고 카피로 소비자에게 어필하였습니다. 아직 오뚜기의 도전은 진행 중이라 봐야겠지요?

결과론적이지만 LG전자의 휴대전화 사업부의 철수도 결국 '2등 전략을 흡수하지 못한 것'이 패인이 아닌가에 대한 이야기가 많습니다. 26년 동안 삼성전자의 뒤에 서서 많은 비용과 시간을 투자했던 그들이 2021년 4월 휴대전화 사업 철수를 발표했을 때 오히려 LG전자 주가가 올라간 것은 휴대전화 사업부가 오랜 시간 동안 LG전자의 아픈 손가락으로 남아 있었기에 그렇습니다. 삼성전자와 아이폰 사이에서 대등한 품질의 휴대전화를 공급했던 그들이기에, 패배의 원인을 그 전략에서 찾고 있습니다. 중국 시장처럼 내수 시장 자체가 큰 규모가 아닌 경우는 세분화 전략을 짜고, 2등 전략을 통해 사실관계를 인정하고, 소비자에게 어필하였으면 지금과 같은 결과로 남아 있지 않았을까요?

평생 언더독으로 남겠다면 이기기 위한 열정을 가질 필요는 없습니다. 언더독에서 올라서서 탑독이 되었을 때를 상상하고 또한 탑독이 되었을 때 언더독이었을 때의 초심 '언더독 비기닝underdog beginning'을 항상 상기하며 진정성을 바탕으로 매 순간 노력하는 모습을 보이는 브랜드가 되어야 할 것입니다.

(4) 인연은 Give and Take

사랑과 마케팅은 참 어렵습니다. 머릿속에서 그릴 때나 영화나 TV를 보면 참 운명적으로 잘 결합되고 해피엔딩이 되는데, 현실은 그와 다르지요. 참 어렵습니다. 사람을 만나 대화를 통해 서로의 공통의 취미와 경험, 추억과 환경 등 연관을 확인하게 되면 더 기분이 좋아지는 것은 그 이유일 것입니다. 동질감을 느낀다고 해야 할까요? 이런 과정을 거치면 사람들은 자연스럽게 우연에서 인연으로 가는 과정을 경험하게 됩니다. 어찌 보면 안타깝기도 하지만 대부분의 연애는 이때가 제일 짜릿함과 행복을 느낀다고 합니다.

대게 남녀의 만남이 어려운 건, 서로 마음에 안 들 수도 있지만, 많은 케이스가 한쪽의 불균형적인 호감인 경우가 많기 때문일 것입니다. 가장 이상적으로 처음부터 둘 다 첫눈에 반하면 좋겠지만요. '좋은 짝은 거저 얻어지지 않습니다.' 자신을 가치 있어 보이게끔 만들어야 하고, 카카오톡 프사(프로필 사진)도 고리타분한 느낌 말고 매력적으로 어필해야 합니다. 여기서 프로필 팁을 전하고자 해요. 심리학을 기반으로 남자는 재미있는 일상과 애완동물과 함께 찍은 사진이 매력적으로 보인다고 하고, 여자는 아름다운 미소와 좋은 안색 그리고 가족과 함께 하는 일상을 공유하면 더욱 매력적으로 어필이 된다고 합니다. 주의할 점은 SNS 등에서 프로필이 긴 사람은 우울 위험도가 높다는 연구 결과가 있다고 해요. '나를 알아봐 줬으면 좋겠어.'라는 욕구가 강해서 사람들이 알아보지 않으면 쉽게 스트레스를 받는다고 합니다.

그럼 Give and Take가 되려면 어떤 전략이 필요할까요? 연애에서는 전통적으로 칭찬법이 그러한 전략에 주효한 역할을 하는데 막연한 칭찬이 아닌 '내가 느끼지 못한 나의 장점'을 타인을 통해서 들었을 때의 기쁨은 상당하다고 해요. 자기 자신이 인지하지 못한 칭찬을 경험할 때 놀라움을 느끼게 되는데 이를 '자기 확대'라고 합니다. 즉 상대방을 통해 자기 확대를 경험하면 이는 두 사람 관계에서 굉장한 발전의 신호탄이 되는 것이지요.

마케팅의 목표는 판매가 아닌 관계

마케터들이 저지르는 흔한 오류가 바로 내가 알고 있는 걸 소비

자도 알 거라는 '지식의 저주'입니다. 이는 심리학에서 '허위 일치성 편향'이라 불리는 '허위 합의 효과False consensus effect'인데, 남들도 내 생각과 같고, 내가 아는 수준에 대해서 알고 있을 것이라고 추측하고 판단하는 것입니다. 이는 관계 측면에서 한쪽의 일방적 소통이 가져온 불통의 상황입니다. 불통은 조직의 리더십이나 소비자를 대상으로 하는 브랜딩, 모든 측면에서 실패를 가늠하는 가장 중요한 기준 중의 하나입니다.

신규 고객을 유치하는 비용보다 기존의 고객을 관리하는 비용이 1/5에 불가하다는 것을 잊어서는 안 됩니다. 또한 기존 고객의 활용도를 높이면 바로 입소문을 통한 부가적인 홍보 전략을 가져갈 수 있다는 것입니다. 앞서 언급했던 마켓 5.0의 도래처럼 이제는 빅데이터를 통한 플랫폼 전략으로 고객을 보다 쉽고 안정적이며 밀접한 관계를 바탕으로 관리할 수 있습니다.

브랜드를 바라보는 고객의 마음이 최고조에 오르면 이는 브랜드와 고객의 사랑이 시작되었다고 할 수 있습니다. 남녀 사이의 사랑도 같은 의미이고, 브랜드와 고객 사이에 끈끈한 관계가 형성되려면 요소적인 과정과 시간이 필요합니다. 우연을 가장한 만남과 같은 한쪽의 노력이 필요한 경우가 많습니다. 관심과 사랑을 바탕으로 노력하는 사람이 있어야 그 인연은 이어지게 됩니다. 한 번의 강렬했던 경험으로는 사랑에 빠질 수가 없기에 지속적인 어필이 필요합니다.

소비자들의 마음을 알아볼까요? 이 세상에는 우리 브랜드 이전부터 혁신을 바탕으로 한 제품들이 많이 출시되어 있고, 또한 지금 이 순간, 그리고 앞으로도 지속적으로 소비자를 괴롭힐 것입니다. 괴롭힌다는 표현은 적절하다고 봅니다. 동물의 세계에서 암컷 한 마리에 구애하는 수많은 수컷들처럼 수많은 제품과 서비스가 오늘도 자신을 바라봐달라고, 소비자들에게 구애를 펼치고 있기 때문입니다. 이런 환경에서 새로운 고객을 유치하고, 그들을 나와 관계하는 존재로 만들어야 한다는 것은 사실, 상상만 해도

피곤합니다.

이러한 환경을 볼 때 더더욱 강조할 수 있는 것이 바로 기존 고객과의 관계를 중시하는 마케팅에 집중하는 전략이지요. 전통적으로 이 관계 마케팅에서 빠질 수 없는 것이 CRMCustomer Relationship Manage(고객 관계관리)을 통한 영업전략, 콜센터, 서비스 창구 등 고객과의 접전에 있는 모든 정보를 일체화하여 누가 대응하든, 고객에게 최적화된 솔루션을 쉽게 찾을 수 있다는 장점이 있습니다.

1. **고객의 연령과 성별, 주거지 등 고객의 기본 정보**
2. **고객의 취향, 개인 정보 및 라이프 스타일**
3. **제품 및 서비스 이용 내역**
4. **문의 및 클레임 등 과거 접촉 이력**

위와 같은 내용을 데이터로 가지고 있으며, 고객의 생일과 구매 이력을 봤을 때 매치되는 신상품 및 서비스 추천 관련된 내용의 정보를 보냅니다. 단 이러한 고객 전달 빈도수가 너무 많을 경우 고객 만족이 감소하고, 경쟁업체로 이탈할 수 있으니 이러한 것은 주의하시길 바랍니다.

라이프스타일 마케팅Life Style Marketing을 활용한 관계 마케팅

사람에게는 각자가 추구하는 라이프 스타일이 있지요. 이는 CRM에서 조금 더 확장된 신규 고객까지 포함하는 마케팅의 일환이며 1. 근무 형태, 취미의 활동Action, 2. 가족, 여가활동 트렌드의 관심Interest, 3. 경제나 사회, 제품의 의견Opinion의 세 가지를 통해 개인의 라이프 스타일이 결정되며 이는 고객의 경제력과 심리학을 바탕으로

통합 진단형 - 성공한 사회적 위치이며, 사회적으로 존경받는 인격자

성취자 - 경영자, 정치가

경쟁자형 - 젊은 사업가, 자영업자

사회의식형 - 기업 임원, 대학교수 등 전문직

경쟁자형 - 지적 엘리트, 아티스트

나는 나 집단형 - 젊은 엘리트

소속자형 - 회사원, 공무원

부양자형 - 아르바이트

생존자형 - 사회 취약층

이렇게 9가지로 세분화하였으며, 소비자의 가치관과 라이프 스타일에 맞는 최적의 제품과 서비스를 매칭시킬 수 있는 일종의 포지셔닝 전략으로 보면 되겠습니다.

경쟁에서 이기려면

12

남보다 먼저 행동하라

부지런하다는 것은 역사 속에서나 지금 현대 시대, 그리고 어느 조직이나 개인적으로 볼 때 가장 부각되는 장점이며, 조직을 운영하는 입장에서 함께 하고 싶은 사람들의 특징입니다.

연애에서도 마찬가지로, 매일 나를 위해 무언가를 하는 존재를 싫어한다는 건 참 힘든 일일 것입니다. 물론 상대방이 원치 않는 범위에서 행하면 범죄지만, 상대방이 놀랄 만큼 부지런히 호감을 표하면, 성공할 확률이 높아진다는 건 부정하기 힘든 사실일 것입니다. 부지런히 행동하여 여러 번 얼굴을 대하면 익숙해지고 경계심이 약해져 긴장을 늦출 수 있기 때문에 호의를 갖게 된다는 '단순 접촉의 원리'는 심리학적으로도 증명되었습니다.

안정적인 브랜드는 세상에 없습니다. 시대의 흐름을 반영하지 못하면, 소비자의 인식 속에서 사라지는 속도는 점차 빨라지는 요즘입니다. 한때 대한민국의 베이커리 업계 1위였던 '크라운베이커리'는 사실 큰 위기를 경험하지 않고 조용히 사람들의 인식 속에서 사라진 브랜드입니다. 광고에서도 공격적이었으며, 연말에는 집에 크라운 베이커리 케이크 하나 사서 가야 하는 시대적 현상도 있었는데, 기존 업체 파리바게뜨와 신생 업체 뚜레쥬르의 협공에 두 업체를 이길 만한 특별한 전술이 크라운 베이커리에는 없었다는 것이 가장 큰 문제였습니다. 시대적 변화에, 다른 두 기업은 발 빠르게 대응하여 변화를 이어갔는데, 업계 1위 크라운 베이커리는 큰 변화 없이 그 승자의 위치에서 만족하고 있었기에 지금의 MZ 세대들이 모르는 브랜드로 전락해버렸습니다.

마케팅의 환경은 전장과도 같습니다. 신속하게 움직여 주도권을 잡아야 합니다. 경쟁 브랜드와 경쟁을 치를 때, 시장에 대한 모든 준비를 다 하고 진입하는 것보다 미리 진입해야 한다는 것, 마케팅은 인식의 싸움이기에 '마케팅 불변의 법칙'의 기억의 법칙 The Law of Mind과 인식의 법칙 The Law of Perception이 적용되는 순간입니다.

부지런한 브랜드가 더 많은 고객을 만날 수 있다는 사실은 부정할 수 없습니다. 매장 앞을 지나가는 사람이 있다면 가볍게 눈

인사를 하거나 경쟁업체보다 먼저 고객에게 명함을 제시하는 등 미리 구체적인 행동으로 옮겨야 하는 출발의 타이밍을 앞당겨 더욱 먼저 소비자를 대면할 기회를 잡아야겠지요?

ZARA나 H&M, 스파오에 가면 항상 새로운 아이템이 진열되어 있는 것을 볼 수 있습니다. SPASpecialty stores/retailers of Private-label Apparel라는 비즈니스 모델입니다. 서구권에서는 SPA라고 불리기보다는 패스트패션Fast Fashion이라는 용어로 더 활용되는데, 의미 그대로 의류 기획과 생산 물류까지 모든 과정을 제조회사가

주도하여, 기존의 업체들이 반년 걸리는 과정을 이 SPA 브랜드들은 통상 2주면 매장 안에 진열이 가능합니다. 이 신속한 과정을 통해 재고의 리스크를 줄일 수 있고, 생산량 이외에 추가 생산을 하지 않기에 희소성 전략에서도 굉장히 주요한 방식이 되었습니다. 방문하였을 때 구입하지 않으면 다시 왔을 때 품절될 것이라고 예측이 되기에 즉시 구입하게 됩니다.

- **제품 구매 회전이 빠르기에 품절이 많고, 재고가 적다**
- **광고로 소진되는 비용 최소화**
- **유행 디자인을 재빨리 제품에 반영하여 출시**
- **기획부터 매장 진열까지 2주면 가능**
- **가격의 합리성**
- **좋은 가성비, 가심비로 소비자 만족 및 고객 충성도가 높다.**

기존의 의류 브랜드들이 하지 못하던 속도와의 싸움을 이겨낸 SPA 브랜드들은 후발주자임에도 지금은 일반 의류 시장에서 전 세계적으로 가장 큰 손으로 자리 잡고 있습니다. 이는 전 세계적인 소비자들의 원츠와 니즈를 파악하고 신속하게 제품의 품질을 유지하면서 사업 확장을 하였기에 가능한 일이었습니다.

어떤 싸움도 만만하게 보지 마라

토끼와 거북이 동화는 어린 시절 아이들이 빠지지 않고 읽은 책입니다. 여기서 가장 핵심적인 키워드는 '방심은 금물'이라는 것입니다. 속도에서 우위에 있는 토끼가 지게 된 결정적인 이유는 상대방을 우습게 보고 쉽게 생각한 결과입니다. 이는 모든 세상살이, 사회적 관계, 연애에서도 마찬가지입니다. 그리스 신화의 나르키소스에서 유래된 '나르시시스트'는 그리스 신화에서 미소년 나르키소스가 호수에 비친 자신의 모습을 보고 넋이 나가 입맞춤하려다 호수에 빠져 죽은 일화를 바탕으로 하고 있습니다. 이는 자신을 소중히 여기고, 자기애가 강한 나머지 상대방을 업신여기는 상황이 생기기도 하는데, 자기애에 몰입한 상태이기에 상대방을 파악하는 데 집중하지 못하는 상황에 노출됩니다.

평소 대수롭지 않게 하던 일에서 생각지도 못한 실수를 한다거나, 상대방을 우습게 봤다가 큰코다친 경험이 누구나 있으실 겁니다. 손자는 '생각 없이 적을 얕잡아보는 자는 포로가 될 것이다.'라고 말했습니다.

마케팅에서는 이러한 것을 방지하기 위하여 마케팅 환경 분석 Marketing Environment Analysis을 철저하게 조사해야 합니다. SWOT 분석처럼 브랜드의 외부 환경 및 내부 환경을 분석해 브랜드의 전략에 이용해야 하는데, 이를 마케팅 환경 분석이라고 합니다. 가장 기본이 되는 환경 분석으로는 3C 분석이 있습니다. SWOT 분석과 더불어 유명한 환경 분석 프레임워크가 3C 분석입니다. 자사Company, 고객 그리고 시장Customer, 경쟁자Competitor라는 3가지 관점에서 비즈니스를 분석합니다. 인터넷의 등장으로 경쟁 상대가 누구인지 알 수 없게 되었고, 더 이상 통용되지 않는다고 말하지만, 그런데도 많은 기업에서 기본적인 프레임워크로 사용하고 있습니다.

기본적인 3C 분석 이외에도, 제가 이 책에서 언급하는 중요한 사항 중 하나인 거시적 환경에 대한 브랜드의 예측이 필요하다고 언급을 이어오고 있는데, 바로 그 거시적 환경에 대한 분석이 PEST 분석입니다. 이는 Politics(정치), Economy(경제), Society(사

회), Technology(기술)의 각 요소적 미래 환경을 분석하는 것을 말합니다. 브랜드 자신의 영향력보다는 시장의 변화된 기준에 따라 환경이 변화하지만, 최소한 막연한 미래적 환경이 아닌 브랜드의 방향이 어디로 가야 할지에 대한 해답을 얻을 수 있습니다.

최근 마케팅 시장을 보면 글로벌 브랜드 중에서도 기초적인 3C 분석을 제대로 하지 못한 채 브랜드 마케팅에서 많이 벗어난 행동들을 보일 때가 있습니다.

의류기업 시가총액 세계 1위를 기록한 유니클로가 그 좋은 예가 될 것입니다. SPA 브랜드로 히트텍, 에어리즘 등 가격의 합리성과 제품의 기능성을 강화한 라인업들이 엄청난 인기몰이를 하며, 전체적으로 옷 외부에 브랜드 어필을 자제하는 스타일의 이 브랜드는 유명 연예인을 통한 계절별 광고로 많은 인기를 누렸습니다. 그러나 2019년 1월, 일본 제품 불매운동과 가장 논란을 키운 것이 바로 2019년 10월에 있었던 위안부를 조롱하는 듯한 광고 내용과 문구였습니다. 광고 원문은 "I can't remember that far back."(그렇게 오래전 일은 기억 못 해.)인데, 여기에 자막 내용을 "맙소사! 80년도 더 된 일을 기억하냐고?"라고 올린 사건이었습니다. 광고 시점 80년 전인 1939년에는 일제가 국가총동원법 시행령으로 조선인 노동자를 중요 산업으로 강제 동원하고, 많은 조선인 여성들을 위안부로 동원하여 각 전선으로 보내던 시기였습니다.

불매운동이 2년째에 접어드는 2021년에도 유니클로 불매의 기세는 수그러들지 않아, 폐업한 매장이 50곳을 돌파했으며, 2018년에만 해도 1조 4천188억 원의 매출을 올렸던 운영사 에프알엘코리아의 2020년 매출액은 5천746억 원으로 전년 대비 41% 하락했고, 영업 손실액도 129억 원에 달합니다. 이는 그 어떤 막강한 기업이라도 이렇게 순식간에 위기에 빠질 수 있다는 것을 보여주는 예입니다.

또 하나의 사례가 돌체 앤 가바나 사건입니다. 기존 모델들을 통해 남성적이고, 섹시한 이미지의 캠페인에서 금수저 모델들을 통해 전 세계적으로 비아냥을 들었던 돌체 앤 가바나가 가장 최근에 이미지에 제대로 먹칠한 사건이 아시안 비하인데, 정확하게 말하자면 중국인 비하 사건이라 할 수 있습니다. 2018년 11월 21일, 그 사건이 터졌는데 DG Loves China라는 프레이즈를 걸고 준비한 상하이 쇼 컬렉션에서 프로모션 영상에서 한 여성 모델이 웃는 표정을 지으며 젓가락으로 피자, 그리고 파스타를 먹는 영상을 담았는데, 이것이 굉장한 후폭풍을 불러일으켰습니다.

중국 정부에서는 이 행사를 취소시켰으며, 이 행사와 관련된 모든 유명 중국 연예인들이 행사 거부 의사를 나타냈습니다. 인종차별과 오만한 대응으로 인해 돌체 앤 가바나는 많은 것을 잃어야 했습니다. 한때 전체 매출의 50% 이상을 중국에서 벌어들일 정도로 중국에서의 영향력과 좋은 이미지를 가졌던 고급 브랜드가 순식간에 몰락한 것입니다. 한 패션 시장 전문가는 중국 시장에서 돌체 앤 가바나는 이미 Dead & Gone이라고 논평했을 정도라고 하네요.

글로벌 기업들도 근시안적인 시장 환경에서 소비자의 이해관계를 정확하게 이해하지 못하고, 고려하지 못한 상황에서 마케팅 혹은 영업 관리를 진행할 경우가 많습니다. 이와 같은 사건들은 뉴스를 통해 심심치 않게 들려오곤 합니다. 스마트한 마케터라면, 시대적 환경, 역사적 민감한 사실 관계, 문화적 가치, 인종차별, 작은 문구, 카피 라이팅, 캐치프레이즈 등 광고에 들어가는 여러 가지 메시지, 영상 등을 고객에게 전달하기 전에 모니터링하는 것이 중요하다는 것을 사례를 통해 확실히 알 수 있습니다.

한 가지에 집중하여 승리하라(난 한 놈만 패)

방심하여 싸움과 경쟁에서 지기도 하지만 또 하나, 잊으면 안 되는 것이 다각화 전술로 쉽게 무너질 수 있다는 사실입니다. 보통 축구에서 감독의 '전술 부재'라 하는 것 중에 가장 큰 리스크가 바로 선수의 능력을 살리지 못하고 최적의 위치에 선수를 포메이션 하지 못한 것이 큰 위기를 주곤 합니다. 이는 다양한 전술로 선수들의 멀티플레이에 능하길 바라는 감독의 욕심이 앞서서 생기는 경우가 많은데요.

연애에서도 한 사람에게 집중하지 못하고, 여기저기 찔러보는 그런 사람이 주변에 꼭 있습니다. 이성이 주는 신호를 과대 해석하여 반응하는 사람들이지요. 일명 '아니면 말고' 전략은 상대방이 참 싫어하는 전략인데 말이지요. 마케팅에도 마찬가지입니다. 잠시 프로모션을 적용해서 해보다가 다시 다른 프로모션을 적용하여 소비자에게 굉장히 혼란을 주는 경우가 많습니다.

'카페베네'의 경우, 사실 승자의 저주와 결합된 몇 가지 전술의 치명적 오류가 지금의 현 브랜드 포지션을 보여준다고 할 수 있어요. 이들이 택했던 이 브랜드를 성장할 수 있게 가장 크게 도움을 준 것은 싸이더스HQ와의 협업을 통해 전지현 등 최고의 스타가 광고모델로 등장하고, '지붕 뚫고 하이킥' 제작 지원을 통해 친숙한 브랜드로 자리 잡은 것이었어요. 국내 최초 프랜차이즈 1,000호점 돌파 등 굉장한 마케팅 횡보가 있었으나 블랙스미스, 마인츠돔 등 서브 브랜드들이 자리 잡지 못하고 브랜드 리스크를 키웠으며, 고객에게 인식될 수 있는 특정 메뉴 없이 계속된 신메뉴와 점주에게 혜택이 부족한 프로모션으로 명확한 브랜드 메시지를 내는 데 실패하였습니다.

마케팅 '단일의 법칙'이 필요하다고 주장하고 싶습니다. 브랜딩의 진정한 가치는 제품과 서비스의 경험에서 끝나는 것이 아닌 브랜드의 공감을 필두로 관계성이 지속될 때 그 브랜딩의 성공을 결정할 수 있습니다. 최근 브랜드들이 획일화된 브랜드 아이덴티티brand identity를 기획하여 소비자에게 다가갑니다.

디즈니가 선사하는 자사의 모든 제품과 영화에서 소비자가 느끼는 감정은 바로 '마법'입니다. 디즈니와 함께하면 그 순간만큼은 겨울왕국, 인어공주, 신데렐라, 백설 공주 등 다양한 마법의 세계에 빠지게 됩니다. 고객의 행복 추구를 바라는 그들의 브랜드 아이덴티티입니다. 또한, 코카콜라는 최근 새롭게 바뀐 글로벌 슬로건 '리얼 매직Real Magic'을 공개했습니다. '리얼 매직'은 이전과 달라진 요즘 시대상을 반영해 우리가 일상 속 함께하는 마법과 같은 순간에 집중하자는 메시지를 담고 있지요. 일상 속에 존재하는 것이지만 우리가 지나치기 쉬운 마법과도 같은 경험, 그 경험의 소중함을 담고 있는 슬로건을 제시하였습니다. 맥도날드도 그들의 본질적인 주요한 임무가 바로 고객의 입을 즐겁게 해주는 것이기에 글로벌 슬로건 "나는 그것을 사랑할 거야. I'm Lovin' it."와 브랜드 이미지로 서비스 기업이 고객에게 주어야 할 행복 즉 스마일을 경험할 수 있다는 메시지를 담고 있습니다.

Walt Disney
STUDIOS

i'm lovin' it

Coca-Cola
Real Magic

마케팅을 통해 시장에 브랜드를 인식시키고 브랜딩을 원하는 마케터라면 이와 같은 획일화된 메시지를 준비해야 한다는 것인데, 집중되지 못한 프로모션을 남발하게 되면 인력적, 비용적, 시간적 손실이 크게 발생하게 됩니다. 자신의 마음을 알아주길 바라는 마케터는 당연히 소비자도 이해하고 있을 것이라는 잘못된 생각으로, 여러 마케팅 프로그램으로 재원을 분산, 낭비하고 있을 것입니다.

결국은 일관된 시그널을 통해 고객에게 신뢰를 주고, 공감을 통해 브랜드와 소통할 수 있는 길을 만들어야 합니다. 그럼 무엇이 집중할 수 있는 좋은 전략일까요? 저는 이렇게 생각합니다. 전 세계 사람들이 가고 싶어 하는 가장 인기 있는 여행지를 생각해 보세요. 수많은 선택지에서 그들이 가장 독보적 인기를 유지하는 이유는 바로 다른 곳에서 경험할 수 없는 그곳만의 매력이 있기 때문입니다. 마케팅도 이러한 비전을 제시하는 것이 중요하다고 생각합니다.

비교적 후발주자 업체인 '블루 보틀 커피'Blue Bottle Coffee가 큰 인기를 바탕으로 성장하고 있는 주요 원인은 바로 그들의 메시지가 명확하기 때문입니다. 다른 커피 브랜드와는 다르게 오직 '커피 경험'에 모든 것을 집중하고 있지요. 그 예로 커피와 연관되지 않는 제품은 매장에서 판매하지 않고 고객에게 와이파이 서비스를 제공하지도 않아요. 오직 매장에 들어서면 '우리의 커피에만 집중하세요.'라는 브랜드 철학이 있는 것입니다. 결국 다른 전술적 가치를 통해 소비자에게 보내는 시그널보다는 본질적인 가치의 혁신과 집중을 통한 매력 어필이 훨씬 더 고객의 입장에서는 가치있고, 경험하고 싶은 니즈를 느끼게 한다는 것입니다.

싸우기 전에 여러 전술을 준비하라

'언제 밥 한번 먹어요.' 나의 메시지에 긍정의 답을 준 상대방과의 약속을 차일피일 미루실 건가요? 연애에도 나의 매력을 준비하거나 고백을 필요로 하는 시기와 장소, 분위기 등 여러 가지의 환경적 측면의 작전이 필요합니다. 데이트를 신청할 때도 테크닉이 필요합니다. 무작정 데이트 신청을 하면 쉽게 승낙을 받기 어렵습니다. 일종의 이유를 붙여 만남을 유도해야 하는 것이지요. 도움이라든가 다른 목적을 믹스하여 만남을 유도하면 승낙이 수월해지는데, 이는 이유를 인식하고 부탁의 정당성을 느껴 상대방의 제안을 수락하게 되는 심리적 현상 '자동성automaticity' 때문입니다. 필요한 부탁을 하기 전에 작은 부탁을 먼저 하는 풋인 도어foot in the door 전략을 쓰는 것 등의 상대방을 잡기 위한 여러 전술이 필요하지요.

'풍림화산음뢰'라는 말이 있습니다. 마케팅 환경에서 특히 응용할 수 있는 전략입니다. 진격할 때는 바람처럼 빠르고, 대기할 때는 숲처럼 조용하며, 불처럼 일격에 침공하고, 산처럼 묵직하게 버티되, 어둠처럼 상대의 눈에서 숨어 천둥처럼 별안간 격렬하게 움직인다는 것입니다. 즉 여러 전술 중 결정을 하였으면 흔들림 없이 완벽하게 하라는 뜻입니다.

마케팅의 풍림화산음뢰

산 **신규 시장의 진입이 무리라고 판단될 때**(산처럼 묵직하게)

어둠 **경쟁업체의 시장 진입 시 어둠 속에 있는 것처럼 차분하게 대응**

숲 **비밀리에 시장 조사**(숲처럼 조용하게)

천둥 **신규 시장 진입이 확정되었을 때는 천둥소리 나듯 만천하에 확실하게 선전 포고**

바람 **시장조사를 통한 신제품 서비스 출시 때는 바람처럼 빠르게**

불 **광고를 통한 대대적인 판매 개시에는 타오르는 불처럼 화끈하게 접근**

전술 배치도 (감독 마케터)

PPM 분석

우리의 브랜드가 가지고 있는 상품과 서비스 상품이 경쟁업체와의 경쟁에서 얼마나 경쟁력을 가질 수 있는지에 대해서 분석을 해야겠지요? PPM 분석은 Product Portfolio Management의 줄임말입니다. 이 분석은 미국의 마케팅 컨설팅 기업인 보스턴컨설팅그룹BCG에서 개발된 전략이라, BCG 전략이라고 불리기도 합니다. 자신의 브랜드 위치를 판단하고 그에 맞는 전략을 수립하면 좋겠지요?

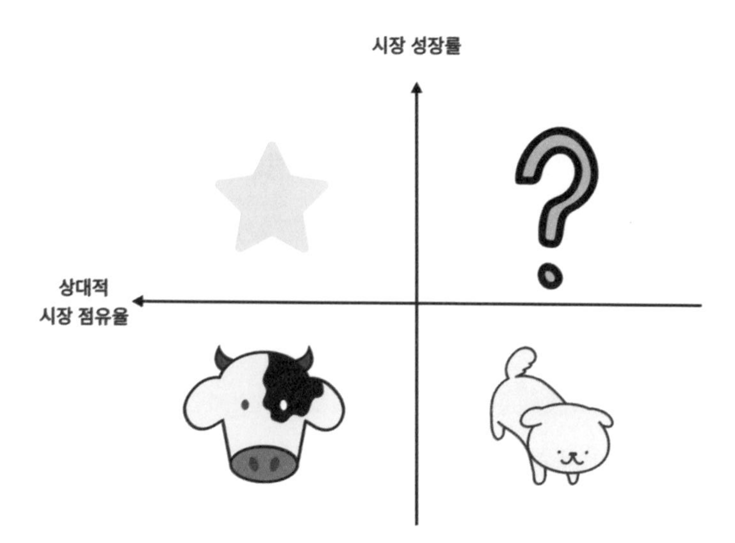

스타 Star

스타는 이익은 좋지만 그만큼 시장 점유율을 유지하기 위한 비용이 많이 든다. 출시 이후에 반응이 좋은 제품들이 이 영역에 포함되는데, 여기서 장기적 목표로 시장점유율을 유지하면서 유지 비용을 아낄 수 있는 '캐시카우'가 되기 위한 노력이 필요합니다.

캐시카우 Cash Cow

제품 성숙기에 들어서는 제품들이 바라는 가장 이상적인 위치입니다. 유지하기 위한 비용은 최소화할 수 있으며, 수익은 지속적인 결과를 보여주기에 모든 제품과 서비스가 바라는 위치라 할 수 있습니다.

물음표 Question Mark

시장 성장률은 높지만 시장 점유율은 낮은 상태입니다. 더욱 공격적 마케팅이 필요할지, 철수할지 고민하는 상황이지만 성장률을 볼 때, 저의 개인적인 판단이지만, 분명 공격적인 투자가 필요한 시기라고 생각됩니다. 시장 성장률은 누구에게나 주는 선물은 아니니까요.

도그 Dog

이 위치는 이익과 성장이 모두 낮은 상태인데, 시장 진입 초기 상태라면 고민을 해야겠지만, 진입 이후에 시간이 지났음에도 이 위치라면 철수를 고민해야겠지요?

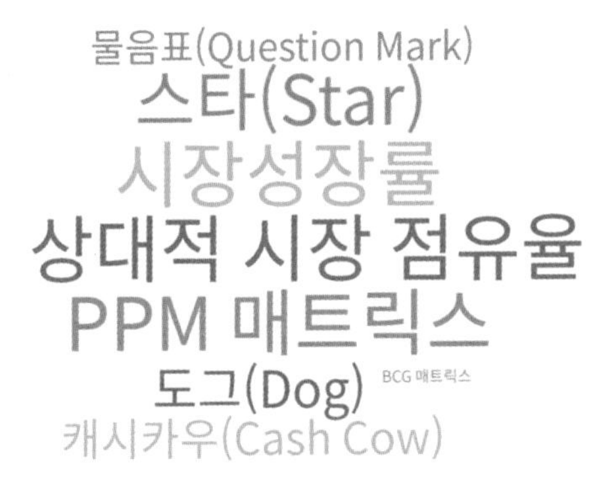

포터의 경쟁 전략

전략 경영의 석학 마이클 포터Michael Porter의 경쟁 전략을 보면 우리의 브랜드가 취해야 할 마케팅 포지셔닝을 3가지로 구분하여 정할 수 있습니다.

원가 우의 전략 Cost Leadership Strategy

편의점의 초기 PB 상품들이 대표적인 예인데, 제조비, 마케팅 비용을 최소화하여, 가격 만족 측면으로의 접근 방법.

차별화 전략 Differentiation Strategy

경쟁업체와의 전혀 다른 체험을 줄 수 있는 서비스, 상품 구성, 가격 구성 등 기존의 시장이 가지고 있던, 이미지와는 다른 개성 있는 상품을 개발하여, 그 개성을 강점으로 마케팅에 이용하는 전략.

집중 전략 Focus Strategy

시장의 정확한 니즈 층을 파악하고 그들을 대상으로 한 공격적인 전략을 수립.

란체스터 전략

'약자의 전략'으로 널리 알려진 란체스터 전략은 영국의 항공공학 엔지니어인 란체스터Frederick William Lanchester가 제1차 세계대전을 계기로 고안한 역학관계의 두 가지 법칙을 응용한 기업 경영 전략입니다.

란체스터 1 법칙 Lanchester's Linear Law **- 약자의 전략**

1 법칙은 '약자의 전략'이라 할 수 있는 전략이 이 법칙에 있습니다. 우선 좀 전에 언급한 포터의 경쟁전략 중에서 집중 전략도 란체스터 1 법칙과 같은 방식입니다.

1. 경쟁을 해야 한다면 경쟁자가 적은 곳에서 1:1 대결을 지향해야 한다. 즉 레드오션보다는 블루오션을 우선 찾아라.

2. 경쟁을 벌어야 한다면 국지전 성격을 가진 작은 영역에서 해야 한다.

3. 비용이 많이 소모되는 광고보다는 고객과의 소통의 성격을 지닌 접근전이 유리하다.

란체스터 1 법칙의 가장 중요한 것이 일점 집중인데, 소점포도 시점과 아이디어, 사람, 비용 측면에서 집중하면 대기업과의 마케팅 싸움에서도 이길 수 있다는 것입니다. 즉 선택과 집중을 통해 이기는 싸움이 가능하다는 것이지요.

란체스터 2법칙 Lanchester's Linear Law - **강자의 전략**

강자의 전략은 아무래도 여러 가지 전략적 이점이 있겠지요?

1. 전체적인 병력이 많을수록 탄력적으로 전력을 배분하여 경쟁에 투입시킬 수 있으며, 경쟁상대의 수를 압도하는 전력으로 경쟁하는 확률전을 준비한다.

2. 1 법칙과는 반대로 국지전이 아닌 큰 경쟁 무대로 상대를 유도하여 경쟁을 한다.

3. 약자가 흉내 낼 수 없는 규모의 경제를 보여준다. (광고, 할인, 고객 케어)

4. 조급하면 시야가 좁아진다. 상대방을 강자의 이점이 있는 영역으로 유도하라.

5. 상대가 작은 영역에서 집중을 택한다면, 모든 활용 자원을 가용하여 상대의 집중전에 대응한다.

자신의 위치를 파악하여 경쟁사들과의 전투에서 이기려면 그만큼 많은 무기가 필요한 건 사실입니다. 그 무기가 비용 측면에서 압도할 수 있는 하드웨어인지, 혹은 치밀한 전략을 바탕으로 한 차별화, 집중, 사람 중심의 소프트웨어 바탕인지 확실하게 정하고 공감과 고객과의 가치 교류를 위한 발판을 확보해야겠습니다.

쉬는 시간 4

알고도 당하는 프레이밍 효과

같은 사안이나 질문이나 문제 제시 방법(틀)에 따라 사람들의 선택이나 판단이 달라지는 현상을 우리는 프레이밍 효과라고 합니다. 특정 사안을 어떤 시각으로 바라보느냐에 따라 해석이 달라진다는 이론인데, 같은 것을 두고 봉이 김선달의 기질로 더욱 소비자에게 오감을 더욱 느끼게 해주는 이 프레이밍 효과를 주목할 필요가 있습니다.

프레이밍 효과는 행동경제학에 그 기초를 두고 있습니다. 정말 단순한 이 프레이밍 효과로 '단순 측정 효과'mere-measurement effect를 설명하자면, 사람들에게 다이어트를 할 의향이 있는지, 특정 음식을 먹을 의향이 있는지 여행을 갈 의향이 있는지 등의 질문을 받은 사람은 이런 단어를 듣고 아이디어나 자신의 추억 등 단순한 연상 작용을 통해 행동에 자극을 준다는 이론입니다. 제조사에서 요청한 설문을 진행하는 경우 "지금 제품의 후속 모델을 구매하실 의향이 있으신가요?"라는 질문을 보게 되더라도, 이는 그 설문을 진행하는 고객의 머릿속에서 바로 그 제품에 대한 연상 프로그램이 가동되는 효과가 있습니다.

또한, 추가적인 구체적인 질문을 통해 영향력을 보강할 수 있는데 이러한 통찰력은 심리학자인 쿠르트 레빈Kurt Lewin이 주장한 '경로 요인channel factor'에서 그 이유를 알 수 있습니다. 경로 요인은 특정한 행동들을 촉진하거나 방해할 수 있는 작은 영향력을 뜻하며, 그 행동의 연결 과정의 최종 목표까지 도달시키려면, 걷게 하고자 하는 길을 확장하는 것이 좋을까, 아니면 그 이어지는 길에 방해 요소를 제거하는 것이 효과적일까에 대한 질문에 레빈은 작은 장애물을 제거함으로써 보다 수월하게, 그리고 원하는 방향으로 유도할 수 있다고 합니다.

우리는 이미 수많은 경로 요인을 통한 소비를 경험하고 있습니다. 고된 업무를 마치고 집에 돌아왔을 때 이미 녹초가 되었고, 정신적 육체적 에너지는 바닥을 나타내고 있을 때 과연 복잡한 심리가 얽힌 영화와 시각적 액션 효과가 강한 영화 중에서 과연 어떤 것을 선택할까요? 보통 시각적 매력이 있는 영화를 택하겠지요? 많은 쇼핑 관련 브랜드 입장에서는 소비자의 지친 상태를 노리는 것이 유리하며, 이는 굉장히 자연스러운 동선과 행동반경에 팔고자 하는 것을 포함시켜야 합니다.

대형마트에서 건강과 삶의 균형을 위해 사고 싶은 것을 통제하고 온 당신은 계산대 앞에 있는 충동구매를 유도하는 당 충전을 해주는 사탕이나 껌, 초코바에 패배를 할 확률이 높습니다. 이는 '그루엔 효과Gruen Effect'라 불리는 심리효과입니다. 쇼핑몰 안에서는 외부를 훤히 볼 수 있는 창문이 없습니다. 사람들이 외부로 나가고 싶게끔 하면 안 되니까요. 또한 최대한 미로 형식의 설계가 많은데 그만큼 사람들의 동선을 최대한 움직일 수 있게끔 설계하는 것이지요. 그리고 중요한 것이 비슷한 브랜드들을 절대 근접 배치하지 않습니다. 모자를 사러 온 고객이 있다면 다른 모자 매장을 경험하기 위해서는 최대한 움직여 다른 상품들로 진열된 매장을 구경할 수 있게 설계된 것이지요.

하루 200g 감량보다는 한 달 6kg 감량

프레이밍 효과에 가장 간단한 원리로 바로 개념이어도 더 큰 숫자를 보여주는 것이 효과적이라는 것입니다. 지금은 고인이 되신 저의 학부 스승이신 송필수 교수님은, 항상 학기 시작 강의에서는 자신의 키를 1,680mm(밀리미터)라고 소개하셨습니다. 유머러스하면서 체감하는 숫자의 느낌이 더 커 보이게 소개하신 것인데, 제가 인지하고 있는 가장 첫 프레이밍 효과인 듯해요.

행동경제학 측면에서는 결국 큰 숫자를 제시해야 소비자가 인식하는 효과와 효능의 차이를 더욱 강하게 인식한다는 것이지요. 같은 내용이라 하여도 받아들이는 상대방의 입장에서는 결이 다를 수가 있는데 프레임에 고정된 인식 때문에 다른 결과를 만듭니다. '10%의 할인'이라는 광고와 'TEX FREE'라는 같은 할인율 개념에서 소비자는 후자에 더욱 강한 반응을 일으킵니다. 고작 10%의 할인과 부가세(결국 10%)의 차이에서 세금을 전액 면제받는 면세 제품의 경우가 더욱 소비자에게 프레이밍 효과를 가져다주기 때문이지요. '열심히 운동을 가르쳐드릴 것이며, 하루에 200g 감량이 가능합니다.'보다는 '특별한 저희만의 프로그램으로 한 달에 6kg 감량을 약속드립니다.'라는 문구의 숫자에서 오는 무게감이 다르기에 소비자는 '6kg'이라는 숫자에 훨씬 매력적으로 반응하게 됩니다.

결론 ;
마케팅과 연애의 본질

당신을 성공으로 이끌 가장 강력한 무기 '진정성 마케팅'

이 책을 통해 마케팅과 연애에 성공할 수 있는 가장 중요한 키워드는, 많은 분들도 눈치채셨겠지만, 바로 '진정성'입니다. 미국의 유명 작가 오그 만디노Og Mandino가 제기한 '만디노 효과'는 미소 효과라고 불리기도 하는데, 그는 '미소는 황금과 바꿀 수 있다.'라고 언급합니다. 미소는 가장 좋은 윤활제이며, 두말할 것 없이 사람과 사람 사이에 심리적 거리를 가깝게 해줍니다.

미소는 단순한 기교가 아닌 진정성에서 나오는 반응입니다. 사람은 거짓 웃음을 판단할 수 있습니다. 거짓 웃음은 그걸 보는 사람에게 반감과 '자신을 비웃는 것이 아닐까?'라는 부정적 반응을 느끼게 합니다. 마케팅과 연애에 대해서 어렵다고 느끼시는 분들

이라면 진정성을 담은 돌직구가 답이라는 것입니다. 제가 프롤로그에서 언급한 내용이 바로 이 주제에 대한 답이 될 수도 있습니다. '돈쭐을 내줍시다.'의 주인공 사장님들은 처음부터 마케팅 측면에서 그런 진정성으로 접근한 게 아닙니다. 상대를 대할 때 고객을 대할 때 진정성 있는 미소가 상대방에게는 분명 전달된다는 것이지요.

고객의 미담은 백만 불 광고보다도 더욱 그 브랜드를 빛내고 위대하게 만들어 주지요. 브랜드 입장에서는 CRMCause Related Marketing의 상품이나 수입 일부를 기부하는 공헌 마케팅과 CSVCreating Shared Value 브랜드의 비즈니스 기회와 지역사회의 니즈가 만나는 곳에 브랜드의 가치를 창출하여 경제적·사회적 이익을 모두 추구하는 모델이 진화한 개념이며 브랜드와 지역사회가 함께 윈윈한다는 전략적 가치, ESGEnvironmental, Social and

Governance 기업 활동에 친환경, 사회적 책임 경영, 지배 구조 개선 등 비재무적 지표 등 기업의 가치를 판단할 수 있는 요인들에 의해 브랜드를 판단하게 됩니다.

코카콜라의 경우 자신의 브랜드 제품들이 쉽게 운송될 수 있는 교통망이 잘 갖춰진 대도시 위주로 시장을 관리하고 있는데, 아프리카의 열악한 교통망은 쉽게 진출할 수 없는 구조였습니다. 하지만 코카콜라는 아프리카 현지인 고용을 통해 현지인들의 자전거와 카트로 보다 많은 사람들이 경험할 수 있는 시장을 만들었습니다. 제품을 원하는 고객에게, 시장의 확장을 통해 제품을

이미지 출처 Harvard Kennedy School

경험할 수 있게 해주고, 또한 현지 고용인을 채용하여, 지역사회 발전에도 크게 도움을 준 사례입니다. 단순히 판매 수익의 일부를 기부하는 전략이 아닌 함께 사는 세상의 일원이라는 공감대를 형성시켜야 하며 이는 고객에게 큰 미담 측면의 브랜드 이미지가 됩니다. 국내외 많은 브랜드들이 이러한 구조의 사회 공헌 마케팅에 참여하고 있으며, 브랜드 입장에서는 진정성을 담은 브랜드 철학과 행위를 통해 고객과의 관계 구조에서 더욱 깊은 관계를 다질 수 있습니다.

스토리텔링 군대리아는 최고의 햄버거이다.

예비역과 현역에 국한될 이야기지만 군대리아는 최고의 햄버거입니다. 최고의 소스, 최고의 빵, 최고의 패티가 아님에도 난 왜 군대리아를 최고의 햄버거라고 칭하는 것일까요? 모든 사람에게는 소비과정에서 발생되는 스토리텔링이 굉장히 중요합니다. 어린 시절에 사 먹던 동네 분식집 떡볶이 맛, 동네 빵집, 동네 작은 맛집의 추억들은 다들 있으실 겁니다. '예전 그 맛이 그립다.'라는 이야기를 많이 하지요. 그때의 그 감성, 소중하게 아껴 먹었던 기억이 자리 잡고 있기에 우리는 그때의 맛을 잊지 못합니다.

사람들은 어제 점심에 자신이 무엇을 먹었는지도 잘 기억하지 못합니다. 대부분 기억이라는 것이 원본을 저장해두기보다는 재구성 형태이며, 긍정적으로 해석된 과거 기억의 조합을 '노스탤지어'라고 하는데 우리 내면의 이러한 추억의 맛집은 이러한 형태로 저장되는 것이지요. 그 식당의 위생 상태, 서비스 등 부가적인 약점으로 지적될 사실 기반보다, 내가 느꼈던 감성적인 추억이 있기에, 오랜 시간이 지나도 기억에 남게 되는 것이며, 맛 혹은 그 가게 안에서 기억되던 특별한 추억이 있는 경우 이 '노스탤지어'가 가동됩니다. 하지만 원작보다 높은 평가를 받기는 영화나 각 제품들의 경우를 봐도 희박합니다. 이는 당장 내가 받아들이는 제품과 서비스가 감성의 추억이 담긴 기억 속에 그 제품과 서비스를 이기긴 어렵다는 것이지요.

군대리아가 최고의 햄버거라 여기는 것은 고된 군 생활 속에서 선택의 폭이 크진 않지만 각 소스와 빵을 동원에 여러 가지 방식으로 먹던, 그리고 매일 먹을 수 없던, 나름 간절한 아이템이라는 국방부의 노스탤지어 마케팅이 통했기 때문입니다. 많은 예비역들이 그 음식을 그리워하고, 한때 군부대 프로그램의 인기에 편승하여 롯데리아에서 군대리아 제품을 내놓았지만, 호기심의 대상이었을 뿐 그리 성공하지는 못했습니다. 일반 고객들을 대상으로 마카로니, 딸기잼 등의 구성은 햄버거로서의 매력을 유도하기 힘들었고, 예비역들도 호기심의 아이템이지 그것이 지속적인 소비로 이어지지는 못했던 것이지요.

결국 추억의 아이템을 회상하여 판매하는 것이 아닌, 생명력을 가진 스토리를 만들어야 한다는 것입니다. 스토리가 있는 브랜드가 되려면 '지금 하는 일을 왜 하고 있는지' 명확하게 사람들에게 전할 수 있어야 합니다. 브랜드의 목적과 명분, 신념이 전달되어야 한다는 것입니다. "제품과 서비스는 소비자와 교감 되는 스토리가 필요합니다." 스토리가 가진 강력한 힘을 바탕으로 한 완벽한 스토리는 흥미와 집중의 차원을 넘어 사람을 완전히 매료시키게 됩니다. 스토리의 힘은 강력합니다. 워딩은 세상 최고의 광고를 만드는 기초입니다.

어니스트 헤밍웨이가 세상에서 가장 슬픈 문장을 6단어로 만들어 보겠다고 하였습니다. 사람들은 그런 일은 절대 없을 것이라고 호언장담했지요. 하지만 헤밍웨이의 문장을 보고, 사람들은 바로 수긍하였습니다.

"For sale : baby shoes, never worn" 사용한 적 없는 아기 신발 팝니다.

비즈니스에서 가장 분명한 것은 고객과 브랜드 사이의 간극입니다. 브랜드 입장에서는 효과적으로 이 간극을 이어줄 다리가 필요하지요. 바로 스토리텔링이라는 다리가 튼튼하게 구성이 되어야 최고의 브랜드로 거듭날 수 있을 것입니다. 튼튼한 다리를 구성하려면 우선, 주의를 끌 수 있는 이슈가 있어야 하며, 고객을 브랜드가 원하는 행동으로 유도할 수 있어야 합니다. 브랜드의 영향으로 고객이 변화할 수 있는 구조를 만들고, 다리에 올라서서, 다른 곳은 가고 싶지 않게 하는 브랜드 충성도를 높이는 전략이 마련되어야 할 것입니다.

'우리 브랜드는 특별한 스토리가 없어요.'라고 이야기한다면 '아직 당신은 당신의 브랜드를 잘 모릅니다.'라는 이야기를 드리고 싶어요. 사실 100% 틀린 말은 아닙니다. 들려줄 스토리가 없다고 인식하는 것은 틀린 것이 아닌 못 찾아낸 것이라 할 수 있어요.

- **우리 브랜드의 최고의 순간은?**
- **우리 브랜드로 인해서 삶에 변화가 생긴 인물은?**
- **우리 브랜드의 첫 고객은?**
- **고객의 컴플레인을 만족으로 바꾼 사건은?**
- **우리 브랜드의 가장 힘들었던 순간은?**
- **고객에게 받은 감동의 메시지는 어떤 내용이 있는가?**
- **브랜드 입장에서 가장 큰 오해를 받았던 사건은?**

- **가장 황당했던 순간은?**
- **우리가 하는 일의 가장 큰 가치는?**

자기 자신에게 끊임없이 질문하여 다양한 스토리텔링을 양성할 수 있습니다. 모든 스토리는 사실 기반과 당사자의 의견이 반영된 스토리가 가장 전달력이 좋습니다. 가공된 픽션은 영화와는 다르게 철저하게 외면받게 될 것입니다. 스토리텔링의 대가 로버트 맥키Robert Mckee는 스토리텔링에는 일정한 공식이 있다고 했는데 몇 초짜리 이야기부터 시즌제 드라마까지, 이 8단계의 스토리 형식story form을 통해 중심인물의 삶에 갈등이 촉발되고, 갈등을 바탕으로 변화하는 삶을 그린다는 인물 중심의 이야기 구성이며 이를 영웅의 일대기 혹은 그 여정이라고 표현하기도 합니다.

1. **타깃 관객** (유의미한 정서적 흐름, 자신의 메시지가 관객에게 어떻게 전달될지 미리 예측)
2. **소재** (균형- 스토리는 물리적, 사회적 세계에서 특정한 시간에 발생)
3. **도발적 사건** (삶의 균형을 깨트려 중심인물의 위기 봉착)
4. **욕망의 대상** (안정을 바라는 욕구 발생)
5. **첫 번째 행동** (삶의 균형 회복을 위한 중심인물의 행동)
6. **첫 번째 반응** (중심인물이 예상하지 못한 환경 봉착)
7. **위기의 선택** (첫 번째 반응에서의 경험을 통한 중심인물의 대응)

스토리텔링은 큰 기업에만 국한된 이야기가 아닌, 오히려 작은 영업장에서 적은 비용으로 큰 효과를 볼 수 있는 기법입니다. 남들이 하니까 나도 해야 한다는 구시대적 발상이 아닌, 남들이 생각지 못한 창의적인 방식으로 새로운 접근을 하길 바라는 마음입니다.

수많은 온라인 쇼핑몰에서의 경쟁업체와의 경쟁에서 소모적인 광고비용을 지출하고 있습니다. 작은 영역에서 고객과 함께한다는 스토리텔링을 효과적으로 전달하는 방법은 많지요. 우선 고객에게 전달되는 박스를 활용할 수도 있겠지요. 박스에 고객에게 전하는 브랜드의 마음을 담거나, 음식물의 경우 신선도를 보장하기 위한 브랜드의 철학과 메시지를 담는 방법도 좋을 것입니다. 택배 박스가 굉장히 좋은 광고 수단이라는 것을 알아두시면 좋을 듯해요.

요즘은 정말 외식산업에서 딜리버리 푸드가 차지하는 비율이 하루가 멀다고 성장하고 있습니다. 배달업에 참여하고 있는 사람만 40만 명입니다. 경제 인구가 2021년 12월 기준 3,700만 명이니 100명 중 1명은 배달업에서 근무하고 있다는 것입니다. 사실 안타까운 것이 이 라이더들을 사회적으로 푸대접하는 모양새가 참으로 안타깝습니다. 브랜드 입장에서는 이 소중한 라이더들을 통해서 브랜드 인지도를 높일 수 있는데 말이지요.

제가 경험한 바로는 음식을 기다리는데 매장 밖에 서 있거나 대기하는 과정 자체가 힘들어 보였습니다. 음식점 입장에서 좀 더 라이더 분들과 친화력을 가진다면 이들은 음식을 소중히 배달하고, 고객에게 전달되는 순간까지 이 음식점의 직원으로서의 역할을 해줄 것입니다. 간단한 공간 정도로 해서 믹스커피나 정수기 물을 마실 수 있는 정도만 준비해도, 감동하리라 저는 확신하는데요. '그런 비용을 누가 충당하나요?'라고 물으신다면 당신

성실하고 부지런한 택배 기사님 덕분에 대한민국
최고의 맛을 자랑하는 저희 제품이 홍길동님께
전달되었습니다.
맛있게 드시고, 부족한 점, 맛이 없다면
박스에 담아서 반송해주세요.
여러분 사랑합니다.

저희 레스토랑은 라이더 분들을 환영합니다.
더운 여름, 추운 겨울, 눈이오나 비가오나
저희 음식을 소중히 배달해주시는
라이더 분들을 위해 믹스커피와 물을 상시
준비하고 있으니 편안하게 이용해주세요.
저희의 신선하고 맛있는 음식
안전하게 배달해주셔서 감사합니다.

은 마케팅을 할 준비가 되지 않은 사람이라고 말씀드리고 싶습니다. 라이더들을 통해 그 감동의 스토리를 전달하고 전달하여 좋은 음식점으로 인식되고, 배달할 때 한 마디라도 더 이 음식점의 장점을 부각해 줄 수 있을 텐데 말입니다. 그런 사회적 관계성에 남들이 인식하지 못하는 스토리를 구축하여, 더욱 브랜딩을 강화할 수 있다는 점을 생각해 볼 필요가 있을 것입니다.

진정성과 스토리텔링이 결합된 후크 포인트를 만들자

브랜드가 그토록 원하는 고객은 이미 많이 지쳐있습니다. 넘쳐나는 정보의 홍수 속에서, 선택하는 것조차 스트레스로 여겨 최근에는 다양한 큐레이터가 등장하여 선택하는 스트레스를 줄여주는 시대에 도달하였습니다. 간단히 말하자면 짧은 시간에 효과적으로 우리 브랜드를 표현해야 하는 후크 포인트Hook Point가 필요한 시대가 되었다는 것입니다.

여기서 후크 포인트는 사람들의 관심과 사랑을 한 번에 잡는 브랜딩이라 이해하시면 되겠습니다. 여기서 후크 포인트의 중요한 2가지 기초 재료는 바로 진정성과 스토리텔링입니다. 브랜드와 소비자를 이어주는 것을 도로라 하면 골재와 아스팔트를 배합하여 도로를 만들 듯 진정성과 스토리텔링을 결합하여 최적의 도로가 탄생되는 것이지요. 그 결과에 따라 고속도로, 일반 국도, 비포장도로 등 다양한 결과물이 나오겠지만, 소비자는 톨게이트 비용을 지불하고서라도 고속도로를 이용하는 것처럼 완성에 따른 소비자의 반응은 차이가 있을 것입니다.

진정성을 통한 시야는 남들보다 더 상대방의 니즈와 원츠를 정확하게 파악합니다. 소개팅에서 상대방이든 레스토랑의 서버로서 테이블에 앉아있는 고객을 케어하는 상황이든 물 컵 안의 채워져 있는 물의 잔량이 외부에서 보이지 않아도, 상대방과 고객이 물을 마시는 컵의 각도에 따라 물이 얼마나 남았는지를 파악

할 수 있고, 미리 대응할 수 있습니다. 표현하지 않아도 미리 대응하고 반응한다면 감동의 수치는 자연스럽게 올라갑니다.

마케팅은 일시적인 판매 증진을 위한 프로모션이 아니라, 오랜 시간 고객과 소통하며 브랜드의 가치관을 통해 고객의 입장에서 제품과 서비스를 사는 게 아닌 브랜드의 신념을 사는 것으로 만들어야 합니다. 브랜드가 할 수 없는 것을 할 수 있다고 해서는 안 되고, 가치 판단에 의해서 할 수 있는 일과 브랜드 자체에서 소화할 수 없는 제안에 대해서는 거절의 미학을 통해 걸러내는 것도 좋은 방법입니다. 현명한 거절은 더욱 큰 미래의 수요를 만들 수 있으니까요.

또한 경제학 용어로 '오컴의 면도날 법칙'Occam's razor처럼 어떤 사실과 상황에 대한 판단하거나 인과관계를 설정할 때 불필요한 가정을 삼가야 한다는 것인데, 쉽게 말해서 가정의 수가 많을수록 그 주장은 진실일 가능성이 낮다는 이론입니다. 고객과 시장을 판단하는데 감정적인 선택과 경험에만 몰입하는 선택이 아닌 불필요한 가정을 최대한 줄여 선택하는 것이 올바르다는 결론입니다. '귀인 오류 현상'처럼 단기간에 필요한 마케팅이 아닌, 브랜딩 측면에서의 마케팅은 결국 장기전입니다. 힘을 쓰고 뺄 때, 집중해야 하는 시기와 숨 고르기 할 때가 필요한 법이지요.

브랜드의 명확한 차별화가 되는 후크 포인트는 결국 나를 향한 끊임없는 질문에서 시작됩니다. 단순히 시장의 1위가 되겠다는 불명확한 시장의 포지셔닝이 아닌, '브랜드를 통해 누가 행복을 느낄 것인가? 그들에게 어떤 추억이 있었는가? 브랜드의 제품과 서비스가 가격 대비 고객에게 합당한 행복과 추억을 선사하는가?'에 대한 반복적인 질문을 던져야 합니다. 고객에게 일시적이고 충동적인 매력이 아닌 찐 감동이 무엇일까를 고민하는 그 순간이 바로 당신이 진정 완성된 마케터라는 것을 잊지 마십시오.

참고자료

김상훈·박선미, 「진정성 마케팅」, 21세기북스, 2019

나가오 카즈히로, 「가장 쉬운 손자병법」, 더퀘스천, 2020

나가이 다카히사, 「MBA 마케팅 필독서45」, 센시오, 2021

노가미 신이치·오시연, 「한 번 보고 바로 써먹는 마케팅용어」, 길벗, 2019

대니얼 Z.리버먼·마이클 E.롱, 「도파민형 인간」, 샘앤파커스, 2019

댄 애리얼리,「부의 감각」, 청림출판, 2018

딘 버넷, 「뇌 이야기」, 미래의창, 2016

마카베 아키오·서희경, 「가장 쉬운 행동경제학」, 더퀘스천, 2020

로버트 치알다니, 「설득의 심리학」, 21세기북스, 2013

류시안, 「심리학이 이렇게 쓸모 있을 줄이야」, 다연, 2018

류혜인, 「심리학이 이렇게 재미있을 줄이야」, 스몰빅인사이트, 2021

로건 유리, 「사랑은 과학이다」, 다른, 2021

로버크 맥키, 「스토리노믹스」, 민음인, 2018

리처드 쇼튼, 「어떻게 팔지 답답할 때 읽는 마케팅 책」, 비즈니스북스, 2019

리차드 탈러, 「넛지」, 리더스북, 2009

리처드 탈러, 「행동경제학」, 웅진지식하우스, 2021

브렌던 케인, 「후크포인트」, 윌북, 2021

스티븐 고, 「다시 브랜딩을 생각하다」, 청림출판, 2021

알 리스·잭 트라우트, 「마케팅 불변의 법칙」, 1993

유우키 유우· 홍성민, 「연애 심리학」, 우등지, 2018

유우키 유우· 홍성민, 「처음 시작하는 심리학」, 우등지, 2016

이동귀, 「너 이런 심리법칙 알아?」, 21세기북스, 2016

이소라, 「그림으로 읽는 연애 심리학」, 그리고책, 2016

이케가야 유지, 「세상에서 가장 재미있는 63가지 심리실험」, 사람과나무사이, 2017

장원청·김혜림, 「심리학을 만나 행복해졌다」, 미디어숲, 2021

전원태, 「작아도 이기는 마케팅」, 베가북스, 2020

조명광, 「마케팅 무작정 따라하기」, 길벗, 2019

차이위저, 「써먹는 심리기술」, 유노북스, 2019

필립 코틀러·장대련, 「코틀러의 마케팅 원리」, 교문사, 2020

필립 코틀러·이찬원, 「마켓5.0」, 더퀘스트, 2021

하버드 공개 강의 연구회, 「하버드 마케팅 강의」, 작은우주, 2019

한스-게오르크 호이젤, 「뇌, 욕망의 비밀을 풀다」, 비즈니스북스, 2019히라노 아쓰시 칼, 「가장 쉬운 마케팅」, 더퀘스천, 2020

마케팅과 연애의 평행이론

—

초판인쇄 2021년 12월 20일
초판발행 2021년 12월 24일

—

지은이 강경구
발행인 조용재

—

펴낸곳 도서출판 북퀘이크
마케팅 북퀘이크 마케팅 팀
편집 북퀘이크 편집팀
디자인 북퀘이크 디자인팀 – 실장 홍은아

—

주소 경기도 고양시 일산동구 장백로 8 넥스빌 704 호
전화 031-925-5366~7
팩스 031-925-5368
이메일 yongjae1110@naver.com
등록번호 제 2018-000111 호
등록 2018년 6월 27일

—

파본은 구입처나 본사에서 교환해드립니다.